그들의 문학과 생애

한국문학평론가협회 | 한길사 공동기획

그들의 문학과 생애

이용악

김재홍 지음

한길사

그들의 문학과 생애

이용악

지은이 · 김재홍

펴낸이 · 김언호

펴낸곳 · (주)도서출판 한길사

등록 · 1976년 12월 24일 제74호

주소 · 413-756 경기도 파주시 교하읍 문발리 520-11
　　　www.hangilsa.co.kr
　　　E-mail: hangilsa@hangilsa.co.kr

전화 · 031-955-2000~3　　팩스 · 031-955-2005

상무이사 · 박관순 | 영업이사 · 곽명호
편집 · 박희진 박계영 안민재 이경애 | 전산 · 한향림 | 저작권 · 문준심
마케팅 및 제작 · 이경호 | 관리 · 이중환 문주상 장비연 김선희

출력 · 지에스테크 | 인쇄 · 현문인쇄 | 제본 · 성문제책

제1판 제1쇄 2008년 1월 31일

값 15,000원
ISBN 978-89-356-5981-4 04810
ISBN 978-89-356-5989-0 (전14권)

• 이 도서의 국립중앙도서관 출판시도서목록(CIP)은
e-CIP 홈페이지(http://www.nl.go.kr/cip.php)에서 이용하실 수 있습니다.
(CIP제어번호: CIP2008000340)

나는 죄인처럼 숙으리고

나는 코끼리처럼 말이 없다

두만강 너 우리의 강아

너의 언덕을 달리는 찻간에

조고마한 자랑도 자유도 없이 앉았다

아모 것두 바라볼 수 없다만

너의 가슴은 얼었으리라

그러나

나는 안다

다른 한 줄 너의 흘음이 쉬지 않고

바다로 가야할 곳으로 흘러 내리고 있음을

이용악, 「두만강 너 우리의 강아」

머리말

언젠가 시를 공부하던 젊은 날 이런 시구를 읽고 충격을 받은 적 있었다. "주름 잡힌 이마에/석고처럼 창백한 불만이 가득한 나를/거리의 뒷골목에서 만나거든/먹었느냐고 묻지 말라/굶었느냐곤 더욱 묻지 말고/꿈같은 이야기는 이야기의 한마디도/나의 침묵에 침입하지 말어다오"(「나를 만나거든」 일부)라는 시가 그것이다.

바로 젊은 날 내 모습이었다. 언제나 어둡고 춥고 배고프게 느껴지기만 하던 내 젊은 시절 마음속에 파고들던 그런 이용악의 시구였다. 이용악, 그는 그렇게 나에게 시집 『낡은 집』과 『오랑캐꽃』 등으로 강렬하게 다가오기 시작했다. 그러나 그와 그의 시는 분단 세월 오랫동안 월북시인으로 분류되어 금기의 대상인 채로 감상은커녕 학문적인 논의조차 불온시돼 문학사에서 실종상태로 지내왔다고 해도 과언이 아니다. 그러던 차 온 국민의 민주화 열기와 그로 인한 투쟁으로 말미암아 1988년 이른바 납·월북문인 해금조치가 이루어짐으로써 이용악에 관한 연구가 진행되기 시작하였다.

그렇다! 근년에 들어 얼어붙어 있던 남북관계도 차츰 녹아 내리기 시작하고 있는 것이 엄연한 현실이다. 아니, 그것은 역사적 당위성에 해당한다. 이제 21세기도 본격적으로 열려 가는 마당에 지난 백여 년 식민지 사관과 냉전 이데올로기에 짓눌려 부당하게 소외됐던 역사적 사실론과 문학사적 진실 들이 원래 모습대로 복원되고 올바르게 되살아나야 마땅한 것으로 여겨지기 때문이다.

이용악의 삶과 시를 되돌아보는 이 작은 책이 건국 60주년 현대시 100년에 즈음하여 발간되는 것에 나름대로의 보람을 느낀다. 시를, 문학사를 공부한다는 것이 결국은 삶의 진실 을 탐구하는 것이고 생명의 온전성을 회복하려는 노력이라 생각한다. 나아가서 역사를 총체성의 측면, 열린 시야에서 바라보고자 하는 노력으로 이해하고 있기 때문이다. 특히 개 인사적인 면에서도 생애를 한 바퀴 돌아 다시 시작하는 갑년 을 맞이했기에 더욱 그러하다.

남은 날은 적지만 앞으로 더욱 노력하여 여러분께 받은 은 혜에 작게라도 보답해 나아가고자 한다.

2007년 겨울
김재홍

이용악

이용악 연구 어디까지 왔나

"북쪽은 고향/그 북쪽은 女人이 팔려간 나라/머언 山脈에 바람이 얼어붙을 때/다시 풀릴 때/시름 많은 북쪽 하늘에/마음은 눈감을 줄 모르다"(「북쪽」)[1]면서 이 땅의 어두운 역사, 일제강점하의 고통스런 현실과 고향상실을 노래하던 이용악 (1914년 11월 23일~1971년), 그는 고단한 개인사적 생활 체험을 사회의식·공동체의식으로 이끌어올리는 데 탁월한 능력을 보여준 30년대 중요 시인의 한 사람이다.

특히 그는 일제의 온갖 수탈과 핍박으로 인해 농촌해체와 궁핍화가 극심해가던 1930년대 중·후반 이 땅의 척박한 민족적 현실과 고통스런 민중적 삶을 날카롭게 묘파하면서 당대 민족문학의 한 핵심이라 할 유·이민(流移民) 문제를 정면으로 제기함으로써 일제강점 말기 이 땅 시사에 문학의 현실적·사회적·역사적 응전력을 제고시키는 데 결정적 역할을 수행한 것으로 평가된다. 그런데도 그는 분단 이후 남북 간에 고조된 냉전 이데올로기의 격화로 인해 오랫동안 월북 시인으로 분류되어 그의 시와 삶은 물론 그에 대한 연구마저 도 불온시 내지 금기시되어 온 것이 사실이다.

그러던 차에 70~80년대 들어 온 국민의 민주화 열기와 그로 인한 투쟁으로 말미암아 1988년 정부에 의해 이른바 납·월북문인에 대한 해금조치가 이루어짐으로써 이용악의 작품 간행과 그에 대한 연구가 진행되기 시작하였다.

무엇보다도 이용악에 대한 연구는 윤영천 편저로 『이용악 시전집』[2]이 간행됨으로써 본격적인 이해와 감상, 그리고 그 에 대한 연구가 시작된 것으로 볼 수 있다. 이 『이용악시전 집』이 간행됨으로 인해 극히 제한적으로 언급돼온 이용악 시 와 그에 대한 연구가 대중화와 함께 학문적인 탐구의 지평으 로 떠올랐기 때문이다.

이용악이 처음 문단에 등장한 것은 1935년 3월 『신인문 학』에 시 「敗北者의 訴願」이 실림으로써 비롯된다. 그리고 이어서 시 「哀訴·遺言」이 다시 『신인문학』에, 시 「너는 왜 울고 있느냐」가 『신가정』지에, 그리고 「林檎園의 오후」, 「北國 의 가을」 등이 『조선일보』(1935. 9)에, 「午正의 詩」가 『조선 중앙일보』(1935. 11)에 게재됨으로써 본격적인 시인의 길을 걷게 된다.

그렇지만 그에 대한 언급이나 논의는 첫 시집 『分水嶺』[3]
이 출간되고부터 시작된다. 한식[4]의 논의와 홍효민[5]의 논의
가 그것들이다. 이후 해방이 되면서 김동석[6]·김광현[7]·이
수형[8]의 글이 이용악과 그의 시에 관해 쓰여진 단평들에 해
당한다.

이후 해방공간에 이용악은 백철에 의해 문학사적 지평으
로 떠오르게 되지만,[9] 시인이 6·25동란 중 월북함으로써 남
쪽에서는 그에 대한 언급이나 논의가 수면 아래로 가라앉고
만다. 같은 해방문단에서 그에 대한 언급은 우파 진영의 조
지훈에 의해 비판적인 각도로 나타난다.

언제나 앞장을 서는 모뽀(모던뽀이―인용자) 起林은 빌
로오드 양복에 훈장을 달고 실크햇을 쓴 채로 어린 공화국
을 노래한다. 새롭다는 것이 진부에 통하는 것은 쇼翁의
풍자도 공식에 서면 하품만 나는 것과 어찌 다르겠는가.

하나씩의 별을 찾아온 庸岳은 그의 五月의 거울 앞에 비
친 匕首를 참인 듯 빼어 들었으나 암만 봐도 그는 아직도
빨간 비웃이 타는 개울 건너 또 개울 건너 뒷골목 선술집
으로 몰래 히히 웃으면서 걸어가는 것만 같다.

• 조지훈, 「해방시단의 일별」[10]

좌익적 경향의 「사회파」, 「전위파」의 일단이 있었다. 30년대의 유능한 시인이었던 이용악과 오장환이 전자에 가담하였고, 유진호 · 김상훈 등의 신인이 후자에 속하였다. 李 · 吳는 30년대에서 이름을 남긴 사람이므로 그 솜씨 덕에 무난한 몇 편을 남겼으나, 그 나머지는 카프시대의 그 생경한 시들과 별로 가릴 바가 없었다.

• 조지훈, 「한국현대시사의 관점」[11]

이러한 조지훈의 이용악에 대한 평가는 우파로서의 비판적 입장에 서면서도 비교적 공정한 평가를 시도한 것으로 판단된다.

70년대까지 남쪽의 비평가로서는 김윤식이 30년대 시의 신세대로서 이용악을 절충적 입장으로 파악하여 시간의 신생면(新生面)을 구축한 것으로 평가한 언급 정도가 거의 유일하다고 하겠다.[12]

이용악에 대한 본격적인 관심과 연구가 대두된 것은 해금 직전인 1987년 2월 최초의 학위논문으로 제출된 장영수의 「오장환과 이용악의 비교연구」로부터 비롯된다. 이 논문은 제한된 범위의 시편들과 비교론적 시각에서 이용악의 시세계를 살펴본 것이기에 총체적 논의로서는 한계를 지닌 것이 사실이다. 그렇지만 이용악의 시에 관해 본격적인 논의의 물

고를 튼 초유의 학위논문이라는 점에서 이용악 연구사에서는 선구적인 위치에 놓인다.

그의 시는 당시 현실상황에 대한 직설적이고 적극적인 저항을 드러내지는 않지만 타당한 현실인식과 이에 상응하는 자세를 보여준 점에서 (……) 그 시대 시인으로서 바람직한 자세의 하나를 보여주었다.[13]

이러한 학문적 평가는 이용악 시의 문학적 의미와 문학사적 위치를 비교적 적절히 파악한 것이라는 점에서 의미를 지닌다.

이와 함께 윤영천의 『이용악시전집』(1987. 6) 편찬과 그에 대한 해설 「민족시의 전진과 좌절」은 이용악 연구사에서 학자·비평가들은 물론 일반인들의 관심을 환기하는 결정적 계기로서 작용하였다.

일제강점기 한국 근대 시사에서 이용악(1914~?)만큼 그 시기에 대규모적으로 발생한 국내외 유·이민의 비극적 삶을 깊이있게 통찰하고, 또 이를 민족모순의 핵심으로 명확히 인식, 자기시에 정당하게 형상한 시인은 드물다. 이러한 긍정적 평가는 이른바 '해방공간'에서 이뤄진 그의 시적 작업에 대해서 그대로 적용될 만한 것이다. 이데올로기적인 편견 없이 그 작품세계만을 두고 볼 때, 이 시인이야말로 '진정한 순수시인'으로 일컬어져 마땅하기 때문이다. (……) 민족분단에 따른 고통스런 질곡을 누구보다도 가슴 아파한 그 직접 당사자로서, 정치적 노선을 분명히 하는 이념적 '자진월북'으로서보다는 당초부터 잘못된 양자택일의 강제 아래 '궁색한 귀향'을 서둘러야 했던 이용악 시의 우수성을 무엇보다도 일제강점기에 대규모적으로 발생한 국내외 유·이민의 집단적 비극을 민족모순으로 명확하게 인식, 이를 그 시에 정당하게 형상하였다는 점에서 찾아진다. (……)

'해방' 후의 용악 시는, 가령 일제 식민통치의 산물로서 '해방' 뒤에도 계속 국외에 머물러 있어야 했다. 숱한 정치적 유·이민들에 대한 대국적 통찰에 이르지 못했다가, '해방현실'을 다룬 약소민족의 암담한 정치적 국면에 긴밀히 연대시키는 개방적인 민족의식의 선진성을 확보하는 데까지 이르지 못한 명백한 한계를 지닌다. 그러나 그가 문제의 핵심을 '문학주의'냐 '정치주의'냐로 파악하지 않고, 그 양자에 똑같이 비판적 태도를 견지하면서 '민족전원의 이익'을 실현하는 데 구체적으로 기여하는 실질적인 민족해방문학을 강력히 지향하였음은 대단히 중요한 현재적 의미를 지닌다. 진정한 민족시의 전진과 그를 위한 의미있는 좌절이 어떤 것인가를 가늠하는 데 그의 시는 매우 유효한 시금석으로 되고 있기 때문이다.[14]

이러한 윤영천의 이용악과 그의 시에 대한 분석·비판은 이용악의 시를 민족문학의 본류로 파악함으로써 민족시의 의미와 위치를 정당하게 평가하려 시도했다는 점에서 중요성을 지닌다. 그의 학위논문 「일제강점기 한국 유·이민 시의 연구」(1987, 서울대 박사학위논문)와 그에 뒤이은 저서 『한국의 유민시』(실천문학사, 1987) 및 한국유민시선집 1, 2 『물 위에 기약두고』, 『가두로 울며 헤매는 자여』 등의 연장선상에서 편찬된 이 『이용악시전집』과 논문 「민족시의 전진과 좌절」은 그동안 분단으로 인해 매몰되어왔던 이 땅 유·이민시와 특히 그것을 본격적인 문학의 중심부로 이끌어들여 이용악의 업적과 그 문학사적 의미를 논의했다는 점에서 이 땅 현대시 내지 문학사 연구에 있어서도 큰 의미를 지니는 것이 분명하다.

아울러 같은 『이용악시전집』에 수록된 유정(柳呈)의[15] 작은 이용악 평전은 이용악의 인간으로서의 면모와 시세계를 전기적 각도에서 살펴본 것이라는 점에서 이용악 연구에 또 하나의 전기로서 작용한다. 물론 이전에도 시집 『분수령』에

쓴 이규원의 글 「序」나 『이용악집』에 발문으로 쓰여진 이수형(李琇馨)의 「용악과 용악의 예술에 대하여」 등이 있었던 것이 사실이다.

그렇지만 이용악의 생애사랄까 개인적인 삶에 관해 구체적으로 자세하게 옹호하는 입장에서 서술한 것은 유정 시인이 처음이다. 유정은 누구이던가? 그것은 이용악의 다음 시 한 편으로 충분히 시사되는 바 있다고 하겠다.

요전 추위에 얼었나 보다 손 등이 유달리 부은 선혜란 년도 입은 채로 소원이 발가락 안 나가는 신발이요 소원이 털모자인 창이란 놈도 입은 채로 잠이 들었다

겨울엔 역시 엉덩이가 뜨뜻해야 제일이니려니 하다가도 옥에 갇힌 네게 비기면 못 견딜 게 있느냐고 하면서 너에게 차입할 것을 늦도록 손질하던 아내도 인젠 잠이 들었다

머리맡에 접어놓은 군대 담뇨와 되도록 크게 말은 솜버선이며 고리짝을 뒤적어렸자 쓸만한 건 통 없었구나 무척 헐게 입은 속 내복을 나는 다시 한번 어루만지자 오래간만에 들린 우리집 문마다 몹씨도 조심스러운데

이윽고 통행금지 시간이 지나면 창의 어미는 이 내복 꾸
레미를 안고 나서야 한다 바람을 뚫고 조국을 대신하여 네
가 있는 서대문 밖으로 나가야 한다.
  •「유정에게」전문

  유정은 이용악의 동향후배이자 뜻을 같이한 동지이고 문
학적인 후배인 것이다. 그러기에 이용악이 이처럼 애절한 사
랑과 우정의 시를 헌정하지 않았겠는가. 바로 이 점에서 유
정의 이용악 회상은 이용악의 생애사와 문학세계를 살펴보
는 데 중요한 자료로서 가치를 지닌다.

  세상 참 바뀌기도 바뀌었구나 싶다. '이 풍진 세상'이란
느낌도 든다. 내가 이용악 이야기를 하게 되다니! 내 생전
에 그를 다시 만나긴새려, 아무도 그의 이야기를 다시는
꺼낼 수 없을 것만 같았는데―

  이러한 감회에 이어 유정은「북쪽」시인과의 만남, 시인의
향토 경성읍, 기류(寄留) 문인과 문학청년들,『二人』동인
김종한, 걸어다니면서 쓴다, 배추꽃 속의 사랑, 과연 '친일
시'인가 라는 소제목하에 이용악의 생애와 문학적인 영향관
계, 그리고 문학사적 의미 평가 등을 개괄적으로 전개하고

있다. 특히 그중에서 김동환 등 함북 경성지역 관련 문인들의 계보와 김중한과의 관계 및 미당 서정주와의 라이벌 의식 등을 지적한 것은 연구사적인 각도에서도 의미 있는 일이 아닐 수 없다. 아울러 개인적인 면에서 이용악의 면모와 성격, 시작 습관, 생활상 등을 지근거리에서 구체적으로 기술한 것은 이용악의 문학적 초상을 리얼하게 그려낸 것이라는 점에서 의미를 지닌다고 하겠다.

이용악에 관한 비평적 논의는 해금 후인 80년대 종반에 이르러 더욱 활성화된다.

먼저 김종철은 "결국 시인으로서 이용악의 위대한 업적은 식민지시대의 민중 현실에 대한 생생한 시적 증언을 남겼다는 점에 있지만, 그러나 이러한 증언이 다만 추상적인 열정이나 도덕적인 명령이 아니라 그 자신의 개인적 내면의 진실을 통하여 이루어졌다는 점에 그의 진정성이 있다"[16]고 평가하여 이용악을 높이 평가하였다.

이밖에도 이용악에 관한 주요 논의로는 윤지관[17] · 이승훈[18] · 김용직[19] · 고형진[20] · 최동호[21] · 김재홍[22] 등의 글들을 꼽을 수 있겠다.

90년대 들어서서는 감태준[23]의 논문이 하나의 전기를 이룬다. 이 논문은 이용악의 시를 전면적 · 종합적으로 다룬 초유의 학위논문이라는 점에서 연구사적 의의를 지닌다.

이용악에 관한 총체적인 연구를 목적으로 한 이 연구논문은 특히 이용악의 시세계를 시적 대상의 유형과 분석, 구조적 원리와 방법적 특성, 자아와 현실의 갈등양상을 중심축으로 분석하면서 이용악의 문학적 위치를 구명함으로써 이용악 연구의 종합적·구체적 성과를 제시하였다. 특히 그는 개인의식과 사회의식 등 주제론적인 논의를 바탕으로 하면서도 은유·상징 등 문학적 기법과 방법을 분석하고, 나아가서 이용악 시의 갈등양상까지 추적해냄으로써 이용악 시의 성과와 한계점을 지적해서 이용악 문학에 대한 총체적 접근을 어느 정도 성공적으로 수행했다는 점에서 의미를 지닌다.

이용악의 문학은 카프 중심의 리얼리즘 문학이 퇴조하고 모더니즘 문학이 주류를 형성해 나간 1930년대 중반에서 해방공간으로까지 이어진다. 신세대 논의에서 제3세대 시인으로 분류된 이용악은 모더니즘의 영향권에 있었으며, 실제로 등단 당시에는 모더니즘에 영향받은 시를 썼다. (……)

그런데 이용악의 그런 계층적 성분에서 비롯된 현실인식 능력은 명분보다는 실질 우선의 감각과 맞물려 있는 능력이다. 사회주의 리얼리즘을 지향한 시인들이 구호나 슬로건류의 작품을 쓸 수밖에 없었던 데 비해 이용악은 유연

성 있는 대응과 변모를 해나갔다. (······)

또한 이용악이 상정한 민족문학은, 계급적인 시각에서 민족의 개념을 규정하고 그들에 대한 문학만을 진정한 문학이라고 한 좌익의 문학과도 일정한 거리를 둔다.[24]

이러한 감태준의 학위논문 제출과 그에 뒤이은 단행본 출간은 이미 1990년대 들어서서 이용악 연구가 단순히 월북시인 연구의 차원에서뿐만 아니라 민족문학사의 정당한 복원과 바람직한 기술을 위해서 필연적이면서도 당위적인 일이 아닐 수 없다.

그런데 90년대 들어서서 이용악 등을 둘러싼 현실주의 시적 경향에 대한 논의가 내포한 중요한 함의의 한 가지는 그것이 리얼리즘 시론으로 전개된다는 특징을 지닌다.

윤여탁[25]과 신범순[26]의 논문 등에서 촉발된 리얼리즘 시 논의는 90년대 들어 오성호[27] · 김형수[28] · 염무웅[29] · 황정산[30] · 윤영천[31] · 이은봉[32] · 백낙청[33] · 정남영[34] · 정재찬[35] · 오성호[36] · 이은봉[37], 그리고 최두석[38]의 논문으로 확대 · 심화되면서 현대시사 논의를 활성화하는 데 크게 기여해왔다.

이 가운데 최두석의 논문은 '임화 · 오장환 · 백석 · 이용악의 시를 중심으로'라는 부제에서 보듯이 이용악의 시를 통해

'진실성의 구현', '시적 주체의 형상화와 주체 세우기', '산문적 확장과 시적 응축', '전형성의 추구' 등의 네 가지 항목을 통해 한국적 리얼리즘시의 특성과 문학사적 의미망을 설정한 데서 의미를 지닌다.

이용악에 대한 문학사적 평가는 조동일에 의해 이루어진다.

이용악은 다정한 느낌을 주는 시인이면서 언어감각이 날카롭고, 자기 자신에 대해서도 준엄한 자세를 갖추고 역사 앞에서 처절하게 절규하는 데까지 나아갔다. (……) 투철한 역사의식과 예민한 감수성이 둘일 수 없다는 것을 대단한 암시력을 지녀 긴장되어 있으면서 다정스럽게 다가오는 언어표현으로 입증했다. 그러나 가까스로 마련한 예지를 더욱 폭넓게 키우지 못하고, 다른 작품은 안으로 움츠러든 소극적 자세를 나타내고 만 것이 대다수이다. 너무 민감해서 끈기와 뚝심이 모자랐다고 할 수 있다.[39]

조동일은 이용악의 시를 언어감각이 준엄한 자세로 역사의식을 노래한 데서 높이 평가한다. 그러나 그러한 역사의식이 좀더 폭넓은 시야를 열어가지 못한 데서 한계점을 논하고 있다. 이 점에서 조동일의 평가는 핵심을 파악한 것으로 이해된다.

이렇게 본다면 이용악의 시와 그에 관한 논의는 몇 가지 단계를 거쳐오면서 한국현대시사의 중심부로 진입해 들어오는 모습을 보여준다고 하겠다. 월북시인으로 불온시·금기시되는 단계를 넘어서서 현대시사의 한 중심 골격이라고 할 리얼리즘시 논의의 중심부로 이동해 들어오면서 한국현대시사에서 결코 간과할 수 없고, 간과해서도 안 되는 중요 시인의 한 사람으로 평가되고 자리매김됨으로써 그의 문학사적 위치가 정당하게 복원되었다는 뜻이다.

경성, 국경의 밤과 아비 상실

이용악은 1914년 국토의 최북단인 함경북도 두만강반의 도시 경성(鏡城)읍에서 출생하였다. 경성이란 어떤 곳이던가? 유정은 그곳의 풍토지리를 다음과 같이 설명하고 있다.

경성군청 소재지이며, 북으로 나남 4킬로, 남으로 주을 4킬로, 시가지의 남쪽 작은 평야를 냇물이 흐르고, 서남·서북에 나직한 산과 아득한 서쪽에 해발 2천5백 미터의 관모연령(冠帽連嶺)이 사철백설로 빛나고, 동으로 2킬로에 푸른 동해가 웅얼거린다.

시가지를 둘러싸고 옛날(1436, 세종 8년) 함경도 2백 진(鎭)을 통수한 병마절도사를 두었던 성곽 곧 치성성지(雉城城趾)가 있고, 여진(女眞)을 몰아낸(1107) 윤관 장군을 기리는 원수대(元帥臺), 공자묘, 관해사 등 명승고적

이 산재, 인구 약 2만5천, 시가지는 성내, 남문 밖, 서문거리의 3구로 형성, 성내는 특색있는 기와집들의 구시가로, 군청·읍사무소 등 관청, 초·중등학교와 예배당, 청년회관 등 교육문화시설이 있고 남문 밖은 상업구로 항시 활기찬 시장이 섬(이 상업구를 벗어난 남쪽 끝에 용악·유정의 집이 있었다). 성 밖 서북 변두리에 서울과 두만강변을 잇는 함경선의 경성역이 있고……[40]

이렇게 보면 이용악의 생가가 있는 고향은 국토의 최북단 두만강반의 도시 경성이고, 다시 경성읍의 변두리에 위치한 곳이었음을 알 수 있다. 말하자면 변두리의 변두리, 즉 주변부의식이 이용악의 성장기에 원형의식으로 기저에 자리잡고 있음을 유추해볼 수 있다.

두만강이란 또 어떤 곳이던가? 우리는 먼저 일찍이 "두만강 푸른 물에 노젓는 뱃사공/흘러간 그 옛날에 내 님을 싣고/떠나간 그 배는 어디로 갔소/그리운 내 님이여/그리운 내 님이여/언제나 오려나//강물도 달밤이면 목메여 우는데/님 잃은 이 사람도 한숨을 지니/추억에 목메인 애달픈 하소연/그리운 내 님이여/그리운 내 님이여/언제나 오려나"라는 저 유명한 김정구의 1930년대 노래 「눈물젖은 두만강」을 떠올리게 마련이리라.

그렇지만 두만강은 그보다 먼저 북방의 시인 파인 김동환이 노래한 서사시 「국경의 밤」(1924)의 배경으로 문학사에서 너무나 잘 알려진 비극의 서사공간이기도 하다.

　一.「아하, 무사히 건넛슬가.
　이 한밤에 남편은
　豆滿江을 탈없이 건넛슬가.

　저리 國境江岸을 경비하는
　외투쓴 거문 巡査가
　왔다— 갔다—
　오르명 내리명 분주히 하는데
　발각도 안되고 무사히 건넛슬가?」

　소금실이 密輸出馬車를 띄워놓고
　밤새가며 속 태이는
　젊은 아낙네
　물레 젓든 손도 脈이 풀녀져
　파! 하고 붓는 魚油 등잔만 바라본다.
　北國의 겨울밤은 차차 깁허가는데.

二. 어대서 불시에 땅밋흐로 울려나오는듯
「어—이」하는 날카로운 소리 들린다.
저 서쪽으로 무엇이 오는 군호라고
村民들이 넋을 잃고 우두두 떨적에
妻女만은 잽히우는 男便의 소리라고
가슴을 뜯으며 긴 한숨을 쉰다—
눈보래에 늦게 내리는 영림창 山林실이 벌부떼 소리언만.

三. 마즈막 가는 病者의 부르지즘같은
애처러운 바람소리에 싸이어
어대서 「땅」하는 소리 밤하늘을 짼다.
뒤 대여 요란한 발자취소리에
백성들은 또 무슨 變이 났다고 실색하야 숨죽일 때,
이 妻女만은 江도 채 못 건넌 채 얻어맞는 사내 일이라고
문빗탈을 쓰러안고 흑흑 느껴가며 운다—
겨울에도 한 三冬 별빛에 따라
고기잡이 얼음짱 끄는 소리언만.

(……)

七十. 여러 사람들은 고요히

동무의 시체를 갖다 묻었다
이제는 아모것도 할 수 없다는 듯이.

七一. 거의 묻힐 제 죽은 병남이 글 배우던 서당집 老訓
長이,
「그래두 朝鮮땅에 묻긴다!」하고 한숨을 휘―쉰다.
여러 사람은 또 맹자나 통감을 읽는가고, 멍멍 하였다.
靑年은 골을 돌리며
「煙氣를 피하여 간다!」하였다.

七二. 江 저쪽으로 점심때라고
中國軍營에서 나팔소리 또따따 하고 울린다.
• 김동환, 「국경의 밤」 앞뒤 일부

　그렇다! 두만강은 우리 민족에게 독립투사 · 선구자들이
조국을 잃고 떠나가던 운명의 강이면서 동시에 삶의 터전을
잃은 당대 민중들에겐 마지막 호구지책을 찾아 쫓겨가던 절
망의 강이자 희망의 강으로서 상징성을 지니는 것이다.
　파인 김동환의 시에서도 그렇지 않은가? 두만강가 변두리
지방에서의 소외된 삶, 가난한 민중들이 국경을 넘나들며 밀
무역 등에 종사하며 뿌리 없이 어둠의 자식들이 되어 살아가

던 일제강점하 국경지방의 춥고 어두운 풍정이 생생하게 제시되어 있는 것이다. 실상 「국경의 밤」은 두만강 국경의 밤을 배경으로 하여 밀수꾼인 '남편을 기다림→남편이 죽어서 돌아옴'이라는 현실적인 비극상을 바탕으로 하면서, 그 속에 '옛날 사랑의 비극 — 옛애인과의 재회와 갈등 및 이별'이라는 지난날의 비극적인 사랑체험을 담아낸 비극의 중층 구조성을 지닌 작품이 아니던가. 다시 말해 이민족간의 갈등을 다룬 점에서는 민족모순의 문제를, 그리고 변두리 소외계층의 비참한 생활상에 초점을 맞춰본다면 민중해방 또는 계급해방의 뜻을 담고 있다는 뜻이다.[41]

작품 자체에서도 "소금실이 밀수출 마차를 띄워놓고/밤새 가며 속 태이는/젊은 아낙네/물레젓든 손도 맥이 풀려져/파! 하고 붓는 어유 등잔만 바라본다/북국의 겨울밤은 차차 깁허 가는데//(……)//어대서 '땅'하는 소리 밤하늘을 쨋다/뒤대여 요란한 발자취소리에/백성들은 또 무슨 변이 났다고 실색하야 숨죽일 때/이 妻女만은 江도 채 못 건넌 채 얻어맞는 사내 일이라고/문빗탈을 쓰러안고 흑흑 느껴가며 운다—"라는 구절에서 보듯이 불안감과 강박관념, 그리고 위기의식이 이 국경의 밤을 관류하는 정신의 어두운 지형도에 해당한다고 할 수 있으리라.

바로 이러한 국경지방의 어두운 풍정과 그를 관류하는 불

안의식 및 강박관념은 그대로 이용악의 시에서도 드러남을
볼 수 있다.

① 아버지도 어머니도
젊어서 한창땐
우라지오로 다니는 밀수꾼
눈보라에 숨어 국경을 넘나들 때
어머니의 등곬에 파묻힌 나는
모든 가난한 사람들의 젖먹이와 다름 없이
얼마나 성가스런 짐짝이었을까

오늘도 행길을 동무들의 행렬이 지나는데
뒤이어 뒤를 이어 물결치는
어깨와 어깨에 빛 빛 찬란한데

여러해만에 서울로 떠나가는 이 아들이
길에서 요기할 호박떡을 빚으며
어머니는 얼어 붙은 우라지오의 바다를
채쭉쳐 달리는 이즈보즈의 마차며 트로이카며
좋은 하늘 못 보고
타향서 돌아가신 아버지의 이야길 하시고

피로 물든 우리의 거리가

폐허에서 새로이 부르짖는

우라아

우라아 ××××

• 「우리의 거리」 전문

② 우리집도 안이고

일갓집도 안인 곳

고향은 더욱 안인 곳에서

아버지의 寢床 엄는 최후 最後의 밤은

풀버렛소리 가득차 잇섯다

露領을 단이면서까지

애써 자래운 아들과 쌀에게

한 마듸 남겨두는 말도 업섯고

아무울灣의 파선도

설룽한 니코리스크의 밤도 완전히 이즈섯다

목침을 반듯이 벤 채

다시 쓰시쟌는 두 눈에

피지 못한 꿈의 꽃봉오리가 쌀안 고
어름짱에 누우신 듯 손발은 식어갈 뿐
입술은 심장의 영원한 停止를 가르첫다
째 느진 醫員이 아모말 업시 돌아간 뒤
이웃 늙은이 손으로
눈빗 미명은 고요히
낫츨 덥헛다

우리는 머리맛헤 업듸여
있는 대로의 울음을 다아 울엇고
아버지의 寢床 엄는 최후 最後의 밤은
풀버렛소리 가득차 잇섯다
• 「풀버렛소리 가득차 잇섯다」 전문

이용악의 가계에 관해선 자세히 밝혀진 자료가 없는 실정
이다. 다만 이수형·유정 등에 의해 단편적인 술회가 있고,
윤영천에 의한 추정 등이 있을 뿐이다. 즉 이들은 그의 가계
가 조부 때부터 국경을 넘나들며 상업에 종사한 것으로 기술
하고 있는 공통점을 지닌다.

행인지 불행인지 젖먹이 때 우리는 방랑하는 아비 어미

의 등곬에서 시달리며 무서운 국경 넘어 우라지오 바다며
아라사 벌판을 달리는 이즈보즈의 마차에 트로이카에 흔
들리어서 갔던 일이며, 이윽고 모도다 홀어미의 손에서 자
라올 때

  • 이수형, 「용악과 용악의 예술에 대하여」 일부

  인용문에서 보듯이 이 짤막한 글에는 이용악 유년시절 삶
의 풍정이 요약적으로 제시되어 있는 것으로 여겨진다. 그것
은 삶을 찾아 떠돌던 부모의 등에 얹혀 시베리아 벌판을 넘나
들던 가슴 아픈 추억이며, 일찍이 아버지를 잃어버리고 홀어
머니의 슬하에서 자라난 가슴 아픈 사연으로 집약할 수 있다.
  실제로 앞에서 인용한 시들이 그렇지 않은가? 이 시편들
에는 이용악 유소년시절 삶의 풍경이 요약적으로 함축되어
있는 것으로 여겨지기 때문이다. 다분히 자전적인 체험이 응
축되어 있는 것으로 보이는 이 작품들에서 우리는 두 가지
중요한 사실을 확인할 수 있다.
  먼저 그 한 가지는 그의 가계가 좋게 말해서 상업이지 실
상은 국경을 배경으로 한 밀수업이 아니었는가 하는 점이다.
"아버지도 어머니도/젊어서 한창땐/우라지오로 다니는 밀수
꾼"이라는 구체적인 구절이 그 증거가 될 수 있다. 또한, 김
동환의 「국경의 밤」에서 "소금실이 밀수출 마차를 띄워놓고/

밤새가며 속 태이는/젊은 아낙네"라는 구절처럼 그 당시 두만강 국경지방에서의 중요한 생계수단 중 하나가 바로 소금 밀수업이라는 점이 또 그 한 방증이고, 강경애의 만주를 배경으로 소금 밀수를 하는 소설,「소금」의 예가 그 또 다른 방증이 되기 때문이다. 그만큼 이용악의 가정사가 밀무역 또는 밀수업이라는 불안한 직업을 바탕으로 전개되었기에 불안하고 초조한 강박관념 내지 위기의식에 사로잡혀 있지 않을 수 없었다는 뜻이다.

또 다른 한 가지는 그의 아버지가 일찍 객사했다는 사실을 알 수 있다. 시 ①에서 "좋은 하늘 못 보고/타향서 돌아가신 아버지의 이야기"도 그렇고, 시 ②에서 "아버지의 침상 없는 최후 최후의 밤은/풀버렛소리 가득차 잇섯다"라는 구절이 또한 그러하다. 실상 그의 여러 편의 시에는 이러한 아비 상실의 모티프가 지속적으로 나타나고 있으며, 그로 인한 가난과 노동이라는 현실적 고통이 끈질기게 시편을 관류하고 있다고 해석되는 것이 그러한 예증이 된다.

국경지방 두만강가에서 태어나 일찍 아비를 상실하고 어둠의 자식으로서 성장한 데서 오는 뿌리 깊은 상실의식 및 박탈과 결여로 인한 불안의식, 그리고 울분감과 저항의식이 이용악 유소년시절의 정신적 상처로서 한평생 작용했다는 뜻이 될 수 있으리라.

두만강 또는 불운한 운명의 표정성

그렇다면 이용악에게 두만강은 어떤 상징성을 지니며 그곳에서의 가정환경, 그리고 그 지역의 생활환경은 과연 어떠했을까? 앞에서 살펴본 것처럼 당대 두만강은 우리 민족에게 유·이민길을 떠나는 마지막 삶을 향한 길이며 어두운 운명을 상징하는 강으로서 부딪쳐 온다.

나는 죄인 처럼 숙으리고
나는 코끼리 처럼 말이 없다
두만강 너 우리의 강아
너의 언덕을 달리는 찻간에
조고마한 자랑도 자유도 없이 앉았다

아모 것두 바라볼 수 없다만

너의 가슴은 얼었으리라
그러나
나는 안다
다른 한 줄 너의 흐름이 쉬지 않고
바다로 가야할 곳으로 흘러 내리고 있음을

지금
차는 차대로 달리고

바람이 이리처럼 날뛰는 강 건너 벌판엔
나의 젊은 넋이
무엇인가 기대리는듯 얼어붙듯 섰으니
욕된 운명은 밤 우에 밤을 마련할 뿐

잠들지 말라 우리의 강아
오늘 밤도
너의 가슴을 밟는 뭇 슬픔이 목말으고
얼음길은 거츨다 길은 멀다

기리 마음의 눈을 덮어 줄
검은 날개는 없나냐

두만강 너 우리의 강아
북간도로 간다는 강원도치와 마조 앉은
나는 울 줄을 몰라 외롭다
• 「두만강 너 우리의 강아」 전문

풀폭을 樹木을 땅을
바윗덩이를 물으녹이는 열기가 쏘다저도
오즉 네만 냉정한 듯 차게 흘으는
江아
天痴의 江아

국제철교를 넘나드는 武裝列車가
너의 흘음을 타고 하눌을 쩰듯 고동이 놉흘 때
언덕에 자리 잡은 砲台가 호령을 내려
너의 흘음에 선지피를 흘릴 때
너는 焦燥에
너는 恐怖에
너는 부질없는 전율박게
가져본 다른 動作이 업고
너의 꿈은 꿈을 이어 흘은다

네가 흘러온

흘러온 山峽에 무슨 자랑이 잇섯드냐

흘러가는 바다에 무슨 榮光이 잇스랴

이 은혜롭지 못한 꿈의 饗宴을

傳統을 이어 남기려는가

江아

天痴의 江아

  •「天痴의 江아」일부

　이용악에게 고향 경성을 감돌아 흐르는 두만강은 어둠과 추위로 가득찬 욕된 운명의 강, 천치의 강으로서 인식된다. 그것은 차안과 피안, 고국과 타국을 이어주는 경계선이자 통로로서 의미를 지닌다. 그렇지만 강 건너 타국은 "바람이 이리처럼 날뛰는" 곳이며 멀고 거친 '얼음길'로서의 상징성을 지닌다. 말하자면 두만강은 초조와 공포와 부질없는 전율을 일깨워주는 삶의 현장이면서, 동시에 우리에게 "잠들지 말라 우리의 강아/오늘 밤도/너의 가슴을 밟는 뭇 슬픔이 목말으고/얼음길은 거츨다 길은 멀다"와 같이 슬픈 운명을 깨닫고 다시 일어설 것을 다짐해야만 하는 숙명의 강, 부활의 강으로서 상징성을 지닌다는 뜻이다. 그것은 그야말로 "두만강 너 우리의 강아"이면서 동시에 "천치의 강아"로서 운명적인 모순을 발견하고, 새로운 삶을 향해 나아갈 것을 다짐하는 새 출발의 강이기도 한 것이다. 윤영천이 두만강을 "정신의 명징한 각성을 촉구하고 역사적 결단을 견인하는 시적 상관물"이며 동시에 "일제에 내몰린 조선민중의 깊은 한과 설움의 문학적 징표"로 해석하고 있는 것도 그러한 의미와 연관된다고 하겠다.

한편 이와 관련하여 그의 가정환경 또는 유소년시절이 드러난 것은 다음과 같은 시편들이다.

① 양털모자 눌러쓰고 돌아오신 게 마지막 길
　검은 기선은 다시 실어주지 않았다.
　외할머니 큰아버지랑 계신 아라사를 못잊어
　술을 기울이면 노 외로운 아버지였다
　거세인 파도 물머리마다 물머리 뒤에
　아라사도 아버지도 보일 듯이 숨어 나를 부른다
　울구퍼도 우지 못한 여러해를 갈매기야
　이 바다에 자유롭자
　•「푸른 한나절」일부

② 바람이 거센 밤이면
　몇 번이고 꺼지는 네모난 장명등을

괴짝 밟고 서서 몇 번이고 새로 밝힐 때
누나는
별 많은 밤이 되려 무섭다고 했다

국수ㅅ집 찾어가는 다리 우에서
문득 그리워지는
누나도 나도 어려선 국수ㅅ집 아히

단오도 설도 아닌 풀버레 우는 가을철
단 하루
아버지의 제사ㅅ날만 일을 쉬고
어른처럼 곡을 했다
　•「다리 우에서」 일부

③ 찻길이 뇌이기 전
노루 멧돼지 쪽제피 이런 것들이
앞뒤 산을 마음 놓고 뛰어단이던 시절
털보의 셋째 아들은
털보의 싸리말 동무는
이 집 안방 짓두광주리 옆에서
첫 울음을 울었다고 한다

'털보네는 또 아들을 봤다우
송아지래두 붉었으면 팔아나 먹지'
마을 아낙네들은 무심코
차그운 이야기를 가을 냇물에 실어 보냈다는
그날 밤
저릎등이 시름시름 타들어가고
소주에 취한 털보의 눈도 일층 붉더란다
• 「낡은 집」 일부

세 편의 시에는 이용악의 유소년시절 가정환경과 주변환경이 선명하게 드러나 있다.

시 ①에는 외할머니, 큰아버지 등 친외가의 여러 친척들이 국경과 아라사 지역에 흩어져 살고 있었다는 점을 말해준다. 다시 말해 그의 가까운 가계가 이 땅의 농촌해체 과정에서 삶을 찾아 북만주로 또는 아라사로 떠난 유·이민들이었음을 말해준다는 뜻이다. 그리고 "술을 기울이면 노 외로운 아버지였다/거세인 파도 물머리마다 물머리 뒤에/아라사도 아버지도 보일 듯이 숨어 나를 부른다"와 같이 아버지도 삶을 찾아 떠도는 유랑민 또는 떠돌이 직업(앞에서 지적한 일종의 밀무역)이었다는 점을 알 수 있다.

시 ②는 아버지가 일찍 돌아간 후 국수집 등을 경영하며 어머니가 생계를 도맡았음을 알 수 있게 해준다. 앞에서 언급했듯이, 한때는 어머니도 "행인지 불행인지 젖먹이 때 우리는 방랑하는 아비 어미의 등곬에서 시달리며 무서운 국경 넘어 우라지오 바다며 아라사 벌판을 달리는 이즈보즈의 마차에 트로이카에 흔들리어서 갔던 일이며"(이수형, 「용악과 용악의 예술에 대하여」)와 같이 아버지와 함께 밀무역에 종사했으며, 아버지가 작고한 후에는 "국수장수, 떡장수, 계란장수로 생계를 꾸린 어머니의 생활영역"[42]과 같이 가족의 생계를 도맡아 해결한 것이다. 그만큼 궁핍과 외로움 등에 시달리며 유소년시절을 보냈다는 뜻이 되겠다.

시 ③은 유소년시절 주변환경, 즉 대부분의 친구들이 극도의 가난과 어둠에 시달리는 생활환경에 놓여 있었다는 점을 말해준다. 얼마나 생활이 어려웠으면 "털보네는 또 아들을 봤다우/송아지래두 붙었으면 팔아나 먹지"와 같이 사람의 생명값이 송아지보다도 못한 것으로 여겨질 수 있을 것인가. 이러한 시적 진술은 당대 이 땅 민중들의 생활이 그만큼 어려웠고, 생존권조차도 해결하지 못하는 절박한 처지에 내몰려 있음을 말해주는 사실이 된다.

이렇게 볼 때 이용악의 유소년 환경은 지역적인 면에서 국경지방 변두리의식과 함께 가족적인 면에서 유·이민의 가계로서 밀무역에 종사하고 홀어머니 슬하에서 자랐다고 하는 점에서 불우한 운명의 표정성을 지닐 수밖에 없었다고 하겠다. 실상 이러한 불운한 운명성에 대한 자각과 인식이 그로 하여금 결핍과 상처의 길 또는 고독과 허무의 길로서 문학의 길, 특히 시의 길을 가도록 만든 게 아닌가 한다.

이러한 연유로 이용악 특유의 개성적 용모와 성격 특성이 형성된 것으로 이해된다. 즉 유정이 회상한 바에 의하면, 그의 용모는 대체로 전형적인 문학청년의 그것으로 여겨진다. 다시 말해 그의 체구는 한국인의 보통 키 정도, 즉 165센티미터 정도이고 야윈 편이라고 한다. 그의 이러한 야윈 면모는 가난한 환경, 고독하고 외로움과 슬픔에 젖었던 그의 성장환경의 자연스런 발로라고 하겠다. 그러기에 그의 안색은 늘 영양이 부족한 상태로서 누른기를 띠었으며, 언제나 피곤한 듯한 모습일 수밖에 없었으리라. 자연 그의 머리칼도 푸석푸석 기름기가 없었을뿐더러 동작 또한 느릿느릿 힘없는 모습이었을 것으로 여겨진다.

아울러 그의 표정 또한 그리 밝은 것은 아니었으며, 소탈한 듯하면서도 대체로 언행이 과묵하고 무심한 편이었으리라고 추측된다. 그런데 인상적인 것은 그가 비교적 이러한 빈곤한 인상임에도 불구하고 그 당시 30년대 문학청년들이 흔히 그러했듯이 올백 장발에 로이드 굵은 안경테를 씀으로써 지적인 풍모를 느끼게 해주었던 것으로 여겨지기도 한다.

다시 말해 이용악의 보편적인 인상은 보통 한국인의 표정성으로서 박탈과 결여로 인한 어둡고 빈궁한 모습을 지니고 있었지만, 문학 특히 시를 공부하는 지식청년으로서 시인의 풍모를 지니기도 했을 것이라는 뜻이다. 시「無宿者」는 그러한 이용악의 슬픈 인상화를 잘 보여준다고 하겠다.

　으스슥 몸살이 난다

　지리한 봄비 구슬피 나리는 거리를
　정처없이 거나리는 이 봄!
　도회의 밤은
　利慾도―
　榮譽도―
　女子도―
　다― 소용없다는 듯 점점 깊어가는데

　밤을 평화의 상징이라 찬미한 자 누구뇨?
　만물은 明日의 투쟁에 재공할 '에너기―'를
　회복하기 위해서의 휴식을 취하고 있음을―

　나는 하로밤의 숙소 찾기를 벌써 단념했다

쓰레기통에서 나온 빗자루 같이 보잘것없는 몸을
반가히 맞어줄 사람도 없으려니와

나는 왜 이렇게까지 되고야 말었담?
삘딩의 유리창아―
鋪道의 아스팔트야―
너희들의 예민한 理智도
불타고 재 남은(?) 내 가슴속을 알 길은 없으리라
아― 생각만 해도 소름이 끼치는 기억이여!

삶의 戰線을 敗退하기도 전에
致命의 상처를 받은 자!
내 머리속은 새파랗게 녹슨 구리쇠〔銅〕를
잔뜩 쓸어넣은 듯이 테―ㅇ……

定向없는 無宿의 步調―
死刑罪囚의 눈알같이
흐밋한 가로등 밑을 비틀비틀 거나린다
그래도 빛을 따라간다
새 힘을 얻으려―
•「무숙자」 전문

이 시에서 이용악의 자기인식은 "나는 하로밤의 숙소 찾기를 벌써 단념했다/쓰레기통에서 나온 빗자루 같이 보잘것 없는 몸을/반가히 맞어줄 사람도 없으려니와"와 같이 집없는 무숙자, 또는 불우한 떠돌이의 모습으로 묘사된다. 그리고 "삶의 전선을 패퇴하기도 전에/치명의 상처를 받은 자!//(……)//사형죄수의 눈알같이/흐밋한 가로등 밑을 비틀비틀 거나린다"에서 보듯이 낙백한 영혼의 소유자 또는 상처받고 쫓기는 자로서 각인된다. 말하자면 비관적인 인생관 또는 비극적인 세계관이 짙게 깔려 있는 모습이다.

그렇지만 "그래도 빛을 따라간다/새 힘을 얻으려—"라는 결구에서 보듯이 불운한 삶의 표정성, 비관적인 생의 인식 속에서도 삶에 대한 희망을 찾으려는 모색과 갈등이 끈질기게 담겨 있음을 볼 수 있다. 절망 속에서 희망을, 불운한 운명인식 속에서 삶의 용기와 힘을 얻으려 하는 모순과 갈등의 몸부림이 발견된다는 점에서 이러한 양면적 모습은 바로 두만강의 운명적 표정성과 상통한다고 할 수 있겠다. 두만강이야말로 이용악에게는 운명의 모순과 삶의 비극성을 인식하게 하는 강이면서도 또한 끊이지 않고 굽이쳐 흘러가는 모습을 통해 희망과 용기를 불러일으키게 하는 운명의 촉매로서의 상징성을 지닌다는 뜻이다.

문단 등장과 문학환경

이용악이 공식적으로 문단에 등장한 것은 1935년 3월 『신인문학』지에 시 「패배자의 소원」이 실리고, 다시 4월에 「애소·유언」이 발표되면서부터이다. 이어서 『조선일보』에 「임금원의 오후」, 「북국의 가을」, 『조선중앙일보』에 「오정의 시」, 그리고 다시 『신인문학』에 「무숙자」가 실리면서 활발하게 시작활동이 전개된다.

이 무렵은 그가 도쿄 소재의 조치대학(上智大學) 신문학과에 유학할 시기(1934~38)에 해당하는바, 그의 등단이 일본 유학시절에 이루어졌음을 말해준다. 아울러 이 유학시절 도쿄 삼문사(三文社)에서 제1시집 『분수령』과 제2시집 『낡은 집』(1938. 11. 10)이 연이어 출간됨으로써 일약 신진시인으로 주목을 받기 시작한다. 그의 등단과 입신이 주로 도쿄 시절에 이루어짐으로써 이국땅에서의 절망감과 함께 고

단함과 외로움이 짙게 관류하고 있음을 미루어 짐작해볼 수 있겠다.

　먼저 그의 시 「패배자의 소원」을 살펴보기로 한다.

　　失職한 '마도로스'와도 같이
　　힘없이 걸음을 멈췄다
　　—이 몸은 異域의 黃昏을 등에 진
　　빨간 心臟조차 빼앗긴 나어린 패배자(?)—

　　天使堂의 종소래!
　　한 줄기 哀愁를
　　테—ㅇ 빈 내 가슴에 꼭 찔러놓고
　　보이얀 고개〔丘〕를 추웁게 넘는다
　　—내가 未來에 넘어야 될……

　　나는 두 손을 合쳐 쥐고
　　發狂한 天文學者처럼
　　밤하늘을
　　오래—오래 치어다본다

　　파—란 별들의

아름다운 코라스!
宇宙의 秩序를
모기〔蛾〕 소리보다도 더 가늘게 속삭인다

저―별들만이 알어줄
내 마음!
피묻은 발자죽!

오―
이 몸도 별이 되어
내 맘의 발자죽을

하이얀 大理石에 銀끌로 彫刻하면서
저―하늘 끝까지 흐르고 싶어라
―이 世上 누구의 눈에도 보이잖는 곳까지…
• 「패배자의 소원」 전문

　이 시에는 "이 몸은 異域의 黃昏을 등에 진/빨간 心臟조차
빼앗긴 나어린 패배자(?)"라는 구절에서 보듯이 이국땅에서
느낄 수밖에 없는 깊은 좌절감과 열패감이 짙게 깔려 있다.
시간 배경조차도 황혼, 밤이며, 정감도 "힘없이/빼앗긴/테―

ㅇ 빈/추웁게/애수/피묻은" 등과 같이 어둠과 추위, 박탈감
과 상실감으로 뒤엉켜 있다. 그만큼 비관적인 생의 인식 또
는 비극적 세계관이 기저에 흐르고 있다는 뜻이 될 수도 있
으리라. 말하자면 스스로 패배자를 자처함으로써 그러한 비
관적인 현실 또는 비극적 생의 인식을 극복하고자 하는 역
설적인 심경이 피력되어 있다고 하겠다.

그렇지만 패배자에게도 삶의 의미는 있는 법이고 살아 있
는 한 희망이 살아나는 법, 그에게 이러한 의미와 희망은
'소원'으로서 제시된다.「패배자의 소원」이라는 제목이 그것
이다. 그것은 별이라는 하늘의 척도로 옮겨지면서 "별이 되
어//(……)//저— 하늘 끝까지 흐르고 싶은" 소원으로 구체
화되는 것이다. 지상의 "피묻은 발자죽"을 뛰어넘어 "별들의
아름다운 코라스"가 들리는, "이 世上 누구의 눈에도 보이잖
는 곳"으로 흘러가고 싶다는 소망과 염원을 노래하고 있다는
뜻이다.

이렇게 본다면 이용악에게 있어서 기본적인 출발점은 비
관적인 생의 인식 또는 패배와 좌절의식에서 비롯되고 있으
며, 이를 통해서 삶의 의미와 희망을 찾아 나아가고 싶다는
소망에서 비롯되고 있음을 알 수 있다. 실상 이러한「패배자
의 소원」은 시「애소·유언」으로 이어짐으로써 비관적인 생
의 인식이 더욱 고조되는 모습을 볼 수 있게 해준다.

톡⋯⋯톡 외마디소리 ─ 斷末魔(?)의 呼吸⋯⋯
아직도 나를 못믿어하니 어떻게 하란 말이냐

化石된 妖婦와도 같은
무거운 沈默을 지켜온 지도 이미 三年!
─내 머리 우에는
무르녹이는 回歸線의 太陽도 있었고
살을 에이는 曠野의 颱風도 아우성쳤거늘⋯⋯

팔 다리는
千里海風을 넘어온 白鷗의 그것같이 말랐고
阿片쟁이처럼 蒼白한 얼굴에
새벽별같이 빛을 잃은 눈동자만 오락가락⋯⋯
그래도 나는 때를 기다렸더란다

夕陽에 하소하는 파리한 落葉
北極圈 넘나드는 白熊의 가슴인들
오늘의 내처럼이야 人情의 淪落을 느낄소냐
허덕이는 心臟이 蒼空에 피를 뿜고 ─ 다 吐한 뒤
내 가슴속은 까 ─ 만 숯〔炭〕덩이로 變하리라
영영 못 믿을 것이면 차라리 죽여라도 다고 빨리 ─

죽은 뒤에나 海棠花 피는 東海岸에 묻어주렴?

그렇게도 못하겠으면

白楊나무 빨간 불에 火葬해서

보기 싫은 記憶의 骸骨을 모조리 쓸어넣어라

―大地가 두텁게 얼기 始作할 때 노랑잔디 밑에……

에―

내가 이 世上에 살어 있는 한 永遠한 苦悶이려니……

•「애소·유언」전문

「패배자의 소원」과 같은 무렵 쓰여진 것으로 추정되는 이
작품에는 좀더 직접적이고 구체적인 좌절과 절망감이 그야
말로 애소와 유언의 형식으로 표출되어 있다. "夕陽에 하소
하는 파리한 落葉/北極圈 넘나드는 白熊의 가슴인들/오늘의
내처럼이야 人情의 淪落을 느낄소냐"라고 하는 탄식이 그것
이며, "허덕이는 心臟이 蒼空에 피를 뿜고― 다 吐한 뒤/내
가슴속은 까―만 숯〔炭〕덩이로 變하리라/영영 못 믿을 것이
면 차라리 죽여라도 다고 빨리―"라는 절규와 죽음에의 애
원이 그것이다. 그만큼 세상에 절망하고 사람들에게 배신감
을 느꼈으며, 그로 인해 비관적인 생의 인식이 심화되어 있
다는 뜻이 되겠다.

따라서 그는 살아가는 것의 어려움과 그에 대한 절망감을 죽음에 대한 염원으로 표출한다. "白楊나무 빨간 불에 火葬해서/보기 싫은 記憶의 骸骨을 모조리 쓸어넣어라//(……)//내가 이 世上에 살아 있는 한 永遠한 苦悶이려니……"라는 시의 결구가 그것이다. 산다는 것은 갈등과 고민의 연속이기에 차라리 죽음의 세계를 갈망하고 모든 것을 망각하고 싶다는 절규를 유언의 형식으로 제시하고 있는 것이다. 그만큼 살아가는 일이 어렵고 두려운 일이며 또 죽음을 생각할 만큼 고통스러운 일이라는 비관적인 생의 인식 또는 비극적 세계관을 담고 있다는 뜻이다.

실상 그렇기에 그는 자기 자신을 '무숙자'로 표상하고 있다. "나는 하로밤의 숙소 찾기를 벌써 단념했다/쓰레기통에서 나온 빗자루같이 보잘것없는 몸을/반가히 맞어줄 사람도 없으려니와//(……)//삶의 戰線을 敗退하기도 전에/致命의 상처를 받은 자!"(「무숙자」 일부)와 같이 절망적인 삶을 지속해가고 있는 것이다. 그렇지만 이 시에서도 「패배자의 소원」에서처럼 "그래도 빛을 따라간다/새 힘을 얻으려—"라는 결구처럼 마지막 희망은 버리지 않고 있음을 발견할 수 있다. 아직 목숨이 살아 있기에, 시가 남아 있고 쓰여지기에 그는 빛과 희망을 간직하면서 살아갈 수 있는 것이다.

그렇다면 그의 문학적 출발은 어떤 환경적 요인에서 형성된 것일까?

그의 문학인생에 가장 직접적인 영향을 미친 것은 김동환과 그의 「국경의 밤」이라고 할 것이다.

파인 김동환은 경성읍 출신의 대선배 시인으로, 이미 1924년 한국 신시단 최초의 장편서사시 「국경의 밤」을 들고 '혜성과 같이' 등장하여, 문단과 청소년층에 커다란 충격을 안겨주었음은 우리 신문학사에서 익히 알려진 사실이다.

이 동향 선배 시인의 문제시집이 소년 용악에게 던져준 영향은 어지간히 컸던 것 같다. 뒤에 용악 자신이 파인의 시를 읽었을 때의 감동을 이야기하던 열띤 표정이 지금도 필자에겐 생생히 살아난다.[43]

먼저 김동환은 직접적으로 이용악의 고향 경성 출신의 선배시인이었기에 이용악에게 동향으로서 심정적인 친근감과 혈연의식을 갖게 만든 것이 자연스러운 이치이다. 이른바 지연(地緣)이 깊이 작용했으리라는 뜻이다. 무엇보다 겨울 두만강의 국경의 밤을 배경으로 밀무역에 종사하다가 주인공의 남편이 죽어간다는 「국경의 밤」의 내용은 그대로 이용악의 가정환경과 문학환경과 직접적으로 상응관계를 지니기에 형성기에 있던 이용악에게 문학적 충격과 영향을 주었을 것이 분명하다. 더구나 김동환은 당대 '문단의 야생마'로서 혜성처럼 등장한 선구적인 시인이자 존경받는 민족지사였기에 동향의 후배이자 문학지망생인 이용악에겐 인간적인 면에서 선망의 대상이었을 뿐 아니라 문학적인 면에서도 하나의 전범으로 여겨졌을 것이 당연한 내용이라고 하겠다. 그만큼 12년 연상인 파인 김동환은 이용악에겐 흠모하는 고향 선배이면서 문학의 스승으로서 지속적으로 작용했으리라고 판단된다. 아울러 「국경의 밤」은 이용악 문학세계에 하나의 문학적 원체험으로서의 의미를 지닌다고 하겠다. 실상 이용악 시의 근간을 이룬다고 할 두만강과 유·이민의 삶을 중심으로 한 서사성과 역사성, 그리고 북방정서도 기실은 「국경의 밤」 및 김동환의 시세계에 연원을 두고 있다는 점을 음미해야 하리라고 생각한다.

한편 유학을 전후하여 이용악과 문학적 영향관계를 가진 사람은 김종한(金鍾漢)을 꼽을 수 있다. 이용악은 동향이자 같은 또래인 김종한과 일본 유학시절에 2인시집 『이인』을 간행한 것으로 알려졌기 때문이다.

김종한은 누구이던가? 김종한은 1916년 역시 함북 경성에서 출생하여 니혼대학 예술과를 졸업한 시인이 아니던가. 그는 1937년 「낡은 우물이 있는 風景」이 『조선일보』 신춘문에에 당선하여 등단하였다.

능수버들이 지키고 섰는 낡은 우물가
우물 속에는 푸른 하늘 조각이 떨어져 있는 閏四月

―아주머님
지금 울고 있는 저 뻐꾸기는 작년에 울던 그놈일까요?
조용하신 당신은 박꽃처럼 웃으시면서

드레박을 넘쳐흐르는 푸른 하늘만 길어 올리시네
드레박을 넘쳐흐르는 푸른 傳說만 길어 올리시네

언덕을 넘어 황소의 울음소리도 흘러오는데
―물동이에서도 아주머님 푸른 하늘이 넘쳐 흐르는구료
• 김종한, 「낡은 우물이 있는 풍경」[44]

이 시는 전통적인 한국적 정서와 여인상을 시각과 청각적
이미지로 형상화한 것이 비교적 신선하게 부딪쳐 온다. 그만
큼 고전적 정서 또는 전통지향적 정감을 바탕으로 모더니즘
적인 감각적 이미지를 활용함으로써 인상적인 단면을 잘 묘
파해준 것으로 받아들여진다.

이어서 그는 1939년 『문장』지에 정지용에 의해 시 「할아버지」, 「계보」 등이 추천되어 활동을 한 사람이다. 그는 바로 일본 도쿄 시절 이용악과 가까이 지내면서 바로 『이인』이라는 시동인지를 펴낸 것이다. 그는 이 시집에서 민요풍의 시를 쓰면서 시적인 상황을 그 자체로서 파악하여 시로서 형상화해야 한다는 일종의 순수시론을 전개한 바 있다.

바로 이 점에서 이용악과 김종한은 유정 시인이 지적한 것처럼 대조적인 입장에서 서로 영향을 미친 것으로 여겨진다.

용악과 종한──두 시인은 상통한 점도 있었으나, 그 기질이며 문학관, 생활태도에서 판이한 점이 더 많았다. '용악의 과묵'에 대해 종한의 '다변'(多辯), '소탈'에 대해 '자기현시', '토착적인 서정'에 대해 '모더니즘풍의 기교', 이런 면에서 서로 대항하고 반발하고 했다. 하지만 용악이 종한한테서 얻어낸 것이 더 많았다. 용악은 자기 본래의 토착정신을 한층 굳고 깊게 하는 한편, 종한의 기교──수사법을 관심 있게 눈여겨보았다. 그 모색의 과정에서 시집 『분수령』이 산출되었으며, 이어 그의 문학적 확신을 보여주는 「낡은 집」이 결실되었던 것이다.[45)]

말하자면 두 사람은 동향으로서 함께 객지생활을 하고 시에서 토착적인 정서를 바탕으로 하기에 동병상련을 겪으면서도 한편으로 시적 인식에서는 큰 차이가 있었다는 뜻이다. 이용악은 리얼리즘 정신에 기댄 데 비해 김종한은 모더니즘 풍의 감각과 기교에 물들어 있었기에 이용악이 그러한 감각과 기법에 자극과 영향을 받았으리라고 추측할 수 있다. 두 사람이 글 쓸 집이나 책상 하나 없이 말이 좋아 유학이지 사실상 학비를 벌기 위한 노동으로 생계와 학업, 문학활동을 시작했기에 그만큼 상호의존과 영향을 깊게 받을 수밖에 없었으리라는 것은 자명한 이치이기 때문이다.

한편 경성과 그 부근에서 태어나 그 무렵 활약한 시인으로는 이산 김광섭(1905~77)을 꼽을 수 있다. 이산은 경성군 어대진에서 출생하여 서울 중동학교, 와세다대학 영문과를 졸업하였다. 1924년 『해외문학』 동인에 가담하고, 1935년 『詩苑』지에 시 「고독」을 발표하면서 본격적인 활동을 전개하였다. 이후 시집 『동경』(1938), 『마음』(1949) 등을 펴내어 중앙문단에서 확고한 위치를 차지한다.

김기림(1908~1950 납북된 것으로 알려짐) 역시 경성 부근인 학성군 출생으로 1933년 구인회로 등단하여 활동을 시작하였다. 1930년 『조선일보』에 근무하다가 1935년 잡지 『중앙』과 『삼천리』에 장시 「기상도」(1936년 시집 간행)를 발표하고 이어서 1939년 제2시집 『태양의 풍속』을 간행하면서 시인으로서 또 시론가로서 활발하게 문학활동을 전개하였다. 그러다가 1942년 『조선일보』가 폐간된 후 고향 근처인 경성읍 경성중학에 영어교사로 부임한 바 있다. 이 시절 제자들로는 시인 김규동, 영화감독 신상옥, 만화가 신동헌 등이 있었던 것으로 기록되어[46] 관심을 끈다.

그렇게 보면 김동환과 김광섭·김기림 등 경성 출신 선배 문인들의 작품 및 분위기와 광범위하게 접촉하면서 이용악의 문학이 성장하고 발전해갔음을 추측하는 일은 그리 어렵지 않다고 하겠다.

아울러 그 지역의 동년배 시인으로는 시집 『박꽃』의 시인 허이복(許利福)과 후배시인 유정이 있었고, 시동인지로 『북향』이 있었던 것으로 알려졌다.

한편 30년대 후반 이용악과 직·간접으로 영향관계를 맺은 시인으로는 서정주를 꼽을 수 있다. 서정주 시인은 이용악과 비슷한 해인 1915년 전북 고창에서 출생하여 1936년 동아일보에 시 「벽」이 당선하고 1936년 『시인부락』으로 본격적인 활동을 시작하였다. 이용악과 서정주는 지역적으로 북과 남인데다가 생년도 비슷하고 데뷔 시기도 비슷하여 여러 면에서 서로 대조되어 라이벌 의식을 가졌던 것으로 전해진다.

실제로 유정의 지적도 있지만[47] 두 사람의 대표작 중의 하나씩을 비교해보면 금방 그 영향관계를 짐작해볼 수 있다.

① ─기인 세월을 오랑캐와의 싸움에 살았다는 우리의 머언 조상들이 너를 불러 「오랑캐꽃」이라 했으니 어찌 보면 너의 뒷모양이 머리태를 드리인 오랑캐의 뒷머리와도 같은 까닭이라 전한다─

안악도 우두머리도 돌볼 새 없이 갔단다
도래샘도 띳집도 버리고 강 건너로 쫓겨 갔단다
고려 장군님 무지무지 처드러와
오랑캐는 가랑잎처럼 굴러 갔단다
구름이 모혀 골짝 골짝을 구름이 흘러
백 년이 몇 백 년이 뒤를 니어 흘러갔나
너는 오랑캐의 피 한 방울 받지 않았것만
오랑캐꽃
너는 돌가마도 털메투리도 몰으는 오랑캐꽃
두 팔로 해ㅅ빛을 막아 줄께
울어보렴 목놓아 울어나 보렴 오랑캐꽃
• 「오랑캐꽃」[48]

② 눈물 아롱아롱

피리 불고 가신 님의 밟으신 길은
진달래 꽃비 오는 西域 三萬里.
흰 옷깃 염여염여 가옵신 님의
다시오진 못하는 巴蜀 三萬里.

신이나 삼아줄ㅅ걸 슬픈 사연의
올올이 아로색인 육날 메투리.
은장도 푸른날로 이냥 버혀서
부즐없는 이 머리털 엮어 드릴ㅅ걸.

초롱에 불빛, 지친 밤 하늘
구비 구비 은하ㅅ물 목이 젖은 새,
참하 아니 솟는가락 눈이 감겨서
제피에 취한새가 귀촉도 운다.
그대 하늘 끝 호올로 가신 님아

* 육날 메투리는, 신 중에서는 으뜸인 메투리 중에서도
가장 아름다운 조선의 신발이었느니라. 귀촉도는, 행용
우리들이 두견이라고도 하고 솟작새라고도 하고 접동새
라고도 하고 子規라고도 하는 새가, 귀촉도… 귀촉도…
그런 發音으로서 우는 것이라고 地下에 도라간 우리들의

祖上의 때부터 들어온데서 생긴 말슴이니라.

• 서정주, 「歸蜀途」[49)]

이 두 편의 시는 각자의 개성이 대조적으로 잘 드러나 있으면서도 서로 영향관계의 연관성을 느낄 수 있다.

시 ①은 이용악 시의 특성인 서사적인 호흡과 맥박이 굽이치고 있다. 끊임없이 되풀이된 북방 오랑캐들과의 전쟁과 그로 인한 민족의 수난사가 잘 형상화되고 있기 때문이다. 이용악 시 특유의 서사성과 역사성이 아로새겨져 있는 것으로 해석된다는 점에서 그러하다.

시 ② 역시 서정주 시의 특징인 동양적 열모의 시학 또는 한(恨)의 탐미주의가 잘 형상화되어 있다. 특히 민족어의 완성을 향한 국어의 조탁이 풍요롭고 섬세하게 펼쳐져 있어서 관심을 환기한다.

그런데 문제가 되는 것은 ①에는 앞머리에 시에 대한 설명 또는 핵심제재에 대한 풀이가 실려 있는 데 비해, ②에는 시의 끝에 역시 제재와 시의 취의에 대한 해명이 제시되어 있다는 점에서 대조된다. 좋게 보면 공통점이랄까 원천과 영향관계일 수 있지만, 달리 보면 모방과 힌트가 작용한 결과라고 할 수도 있기 때문이다.

여기에서 서정주의, 이용악의 그 무렵 생활상에 관한 술회를 한 토막 들어보기로 한다.

1941년 4월 나는 만주에서 고향집으로 돌아가는 길에 서울에 들렀는데 (……) 시인 이용악은 명란젓 한 통을 들고 와서 「나는 방이 없어 이걸 둘 데가 없으니 니나 먹어라」하며 놓고 갔다. 이용악은 일본에서 대학을 하고 이때 인문평론사라는 잡지사에 편집일을 보고 있었으니, 내가 셋방살이 하는 속셈쯤만 가졌어도 방 하나쯤은 유지할 수도 있었을텐데, 나와는 또 달리 늘 있는 거라곤 술뿐 방도 굴도 없는 낭인이어서 봄부터 가을까진 공원 벤치의 신세도 많이 지고, 아니면 김상원 같은 친구의 약국가게이서 문닫기를 기다려 밤을 지새우기도 예사였다. 그러면서 그는 살려는 게 아니라 죽음이 오기를 기다리는 듯 했다.

• 서정주, 「부랑하는 뒷골목 예술가들 속에서」[50]

서정주는 이용악과 비교적 가까이 지냈던 것으로 보인다. 이 글에서 볼 때도 미당의 셋방에 명란젓을 가지고 올 정도로 서로 웬만한 교우관계를 어림짐작할 수 있다. 가까운 듯하면서도 어딘지 거리가 있는 그러한 형국인 것이다. 그렇지만 미당은 시 「오랑캐꽃」을 들어 "망국민의 절망과 비애를 잘도 표현했다"고 평가[51]한 것으로 보아 문학에서는 서로 라이벌 의식을 가지고 있었던 것으로 추정된다(실제로 미당은 필자와의 이야기 중에 일제 말 호수그릴인가에서 있었던 자신의 『화사집』(1941) 출판기념회에서 이용악이 술에 취해 자신에게 가벼운 행패를 부린 것으로 회상한 바 있다).

『분수령』―박탈과 결여 또는 사회 · 역사의 발견

　　이용악의 첫 시집은 1937년 5월 30일 도쿄 삼문사(三文社)에서 간행된『분수령』이다. 여기에는 그의 한 대표작이라 할 수 있는「북쪽」을 비롯하여「풀버렛소리 가득차 잇섯다」등 모두 스무 편의 시가 수록되어 있으며, 이규원(李揆元)의「서」와 시인 자신의 꼬리말이 달려 있다.

　　처음에 이 시집『分水嶺』은 미발표의 詩稿에서 50편을 골라서 엮었던 것인데 그것이 뜻대로 되지 못했고, 여러달 지난 지금 처음의 절반도 못 되는 20편만을 겨우 실어 세상에 보낸다. 그 이면에는 딱한 사정이 숨어있다.

　　그렇게 되고 보니 기어코 넣고 싶던 작품의 대부분이 매장되었다. 유감이 아닐 수 없다.

하여튼 이 조고마한 시집으로 지나간 10년을 씨원히 청산해 버리고 나는 다시 출발하겠다.[52]

나는 李君의 생활을 너무나 잘 알 수 있었다. 李君은 치움과 주으림과 싸우면서 ―그는 饑鬼를 피하랴고 애쓰면서도 그것 때문에 울지 않는다. 그는 항상 고독에 잠겨 있으면서도 미워하지 않는다. 여기 이 시인의 超然性이 있다. 힘이 있다.

李君의 시가 그의 생활의 거즛없는 기록임은 물론이다. 그의 시는 想이 앞서거나 개념으로 흐르지 않았고 또 시 전체에 流動되는 적극성을 발견할 수 있다. 하여튼 李君의 非凡한 詩才는 그의 작품이 스사로 말해주리라고 믿는다.[53]

이 두 글에는 첫 시집 무렵의 저간 사정과 이용악의 처지가 잘 드러나 있다. 첫째는 이용악이 초기작을 혹종의 연유로 다 수록하지 못한 채 습작기 10년을 청산하고, 새롭게 출발하려는 사정과 의지가 제시되어 있다는 점이다.

둘째로는 이 무렵이 이른바 도쿄 유학시절인바 말이 유학이지 이용악의 생활이 무척이나 빈곤하고 고독하였지만 그에 지배되지는 않았다는 점을 알 수 있기 때문이다. 이 시기 이

용악은 공사판, 부두노동 등에 시달리면서 밤에는 대학에서
공부하는 이른바 주경야독의 생활을 했던 것으로 전해진다.

　　땀 말는 얼골에
　　소금이 싸락싸락 돗친 나를
　　공사장 갓까운 숩속에서 만나거던
　　　　내 손을 쥐지 말라
　　　　만약 내 손을 쥐드래도
　　옛처럼 네 손처럼 부드럽지 못한 리유를
　　그 리유를 물ㅅ지 말어다오

　　주름 잡힌 이마에
　　石膏처럼 창백한 불만이 그윽한 나를
　　거리의 뒷골목에서 만나거던
　　　　먹엇느냐고 물ㅅ지 말라
　　　　굶엇느냐곤 더욱 물ㅅ지 말고
　　꿈갓흔 이야기는 이야기의 한 마듸도
　　나의 沈默에 侵入하지 말어다오

　　폐인인 양 씨드러저
　　턱을 고이고 안즌 나를

어득한 廢家의 廻廊에서 만나거던

　　울지 말라

　　웃지도 말라

너는 平凡한 表情을 애써 직혀야겠고

내가 자살하지 않는 리유를

그 리유를 물ㅅ지 말어다오

　• 「나를 만나거던」 전문

이 시에서 시인의 모습은 "땀 말는 얼골에/소곰이 싸락싸
락 돗친 나", "주름 잡힌 이마에 석고처럼 창백한 불만이 그
윽한 나", 그리고 "폐인인 양 씨드러저/턱을 고이고 안즌
나"로 묘사되어 있다. 가난으로 인한 노동과 그에 연유한 피
로와 우울, 열등감과 울분이 뒤엉켜 있는 피폐한 모습으로
젊은 날의 초상이 그려져 있는 것이다.

특히 "먹었느냐고 물ㅅ지 말라/굶엇느냐곤 더욱 물ㅅ지
말고"라는 구절 속에는 그야말로 주림과 추위 속에 떨며 살
아갈 수밖에 없는 망국민의 설움과 고통이 아로새겨져 있다
고 하겠다. 무엇보다 "내가 자살하지 않는 리유를/그 리유를
물ㅅ지 말어다오"라는 시의 결구 속에는 '자살'이라는 극한
상황 설정을 통해 절망의 현실을 이겨내려는 애절한 절규가
담겨 있음이 분명하다. 그만큼 식민지 종주국에서의 참담한

정신의 분투가 힘겹고 절박한 것이었음을 반증하는 한 예가
되겠다.

> 머언 海路를 익여낸 汽船이
> 港口와의 因緣을 死守할여는 검은 汽船이
> 뒤를 니어 入港햇섯고
> 上陸하는 얼골들은
> 바눌 긋흐로 쏙 찔럿자
> 솟아나올 한 방울 붉은 피도 업슬 것 갓흔
> 얼골 얼골 히머얼건 얼골뿐
>
> 埠頭의 인부꾼들은
> 흙을 씹고 자라난 듯 꺼머틔틔햇고
> 시금트레 한 눈초리는
> 풀은 하늘을 쳐다본 적이 없는 것 갓햇다
> 그 가운데서 나는 너무나 어린
> 어린 로동자엿고—
> •「港口」일부

　이 시에는 생활고에 찌들어 노동하면서 겨우겨우 생존을
이어가는 어린 노동자로서 시인의 자전적인 체험이 형상화

되어 있는 것으로 여겨진다. "부두의 인부꾼들은/흙을 씹고 자라난 듯 꺼머틔틔햇고/시금트레 한 눈초리는/풀은 하늘을 처다본 적이 없는 것 갓햇다/그 가운데서 나는 너무나 어린/어린 로동자엿고─"라는 구절에서 보듯이 그것은 '어린 노동자'로서 시인의 슬픈 초상이었고 동시에 당대 식민지 백성들의 보편적인 궁핍상을 반영한 것으로 이해되기 때문이다. "바눌 끗으로 쏙 찔럿자/솟아나올 한 방울 붉은 피도 업슬 것 갓흔/얼골 얼골 히머얼건 얼골뿐"이라는 구절 속에는 그러한 궁핍상과 그로 인한 고달픈 생활고가 제시되어 있는 것으로 해석된다.

그렇게 보면 이러한 궁핍상과 고달픈 삶의 모습은 이용악의 개인사적 모습이면서도 동시에 당대 민족의 슬픈 운명성에 해당하는 것일 수 있다.

그렇다면 이용악에 있어 이러한 가난과 결여의 근원은 과연 어디에 연유할 것인가?

우리집도 안이고
일갓집도 안인 곳
고향은 더욱 안인 곳에서
아버지의 寢床 엄는 최후 最後의 밤은
풀버렛소리 가득차 잇섯다

露嶺을 단이면서까지
애써 자래운 아들과 딸에게
한 마듸 남겨두는 말도 업섯고
아무을灣의 파선도
설룽한 니코리스크의 밤도 완전히 이즈섯다
목침을 반듯이 벤 채

 •「풀버렛소리 가득차 잇섯다」 일부

  앞에서 우리는 이용악에 있어 '아비 상실'의 문제를 거론한 바 있다. 바로 이 아비 상실로 인한 궁핍함과 고아의식이야말로 이용악의 삶에 박탈감과 결여의식으로 작용하게 된 것이다. 이러한 박탈과 결여로 인해 그는 막노동 현장에서 잔뼈가 굵을 수밖에 없었고, 그로 말미암아 비관적 현실인식과 비극적 세계관을 형성해가게 되었다는 뜻이다.

  그렇지만 그러한 박탈과 결여는 이용악 또는 당대 조선의 어떤 한 가정의 일만이 아니다. 당대 조선의 현실 속에선 민족구성원 누구에게나 해당될 수 있는 생존조건인 것이다. 바로 여기에서 가난과 그로 인한 박탈과 결여가 이용악의 개인적 특수성으로 하여금 사회적 공통점으로서 보편성의 문제로 상승할 수 있게 한다. 이용악에게 있어 이러한 사적 현실의 공적 현실로의 보편성 획득은 이 땅 수난의 역사에 대한 응시로 나타난다. 그의 한 대표작으로 꼽을 수 있는 시 「북쪽」의 시세계가 바로 그것이다.

북쪽은 고향

그 북ㅅ은 女人이 팔려간 나라

머언 山脈에 바람이 얼어붙을 때

다시 풀릴 때

시름 만흔 북쪽 하눌에

마음은 눈 감을 줄 몰으다
  •「북쪽」 전문

시집 『분수령』의 서시로 처음에 놓인 이 시는 그야말로 이용악 시의 한 분수령이 된다. 「패배자의 소원」이나 「애소·유언」, 그리고 「무숙자」 등 사적 차원에서의 비탄과 방황의식이 사회·역사적 현실을 발견함으로써 공적 현실로 상승하게 되는 모습을 보여주는 까닭이다. 그만큼 이용악 자신에게 득의의 시편이자 새로운 출발을 스스로 다짐하게 만들어 주는 뜻이 담겨 있다고 하겠다.

"북쪽은 고향/그 북ㅅ은 여인이 팔녀간 나라"란 무엇을 상징하는가? '북쪽'은 시인에게 현실적인 고향 경성을 뜻하는 것일 수 있다. 그렇다면 다시 '그 북쪽'은 무엇인가? 그것은 역사적으로 보아 오랑캐로서 이민족이 지배해온 북방이며 현재도 그들이 지배하고 있는 낯선 땅, 두려운 땅이 아닐 수 없다. 겨울바람으로서 '북풍'이 상징하듯이 온갖 침탈과 그로 인한 수난과 역경의 역사성이 '북쪽'으로 표상되어 있다는 뜻이다.

이 점에서 "머언 산맥에 바람이 얼어붓틀 때"란 바로 수·당을 비롯하여 몽고족·여진·말갈·흉노·금·청 등 온갖 북방이민족들에 의해 짓밟히고 시달려온 이 땅 역사와 민족의 고통스럽고 슬픈 수난사가 아로새겨져 있는 것이다. 그러기에 '북쪽'이란 낯설고 두려운 것의 상징이면서 그와 더불어, 그들에게 밀고 밀리면서 살아갈 수밖에 없는 이 땅 민족의 슬픈 운명성을 예리하게 표상한 것이 아닐 수 없다. 그만큼 이 땅의 역사와 그 속에서의 삶이 고통스럽고 험난한 수난과 역경의 과정이었음을 반영한 것이라는 뜻이다. 국토의 북단에서 태어난 이용악 개인사의 온갖 고통과 슬픔이 맞닥뜨려 형성된 것이 바로 '북쪽'의 표상성이라는 말이 되겠다.

이 '북쪽'으로서 사회·역사성과의 맞닥뜨림, 즉 사회·역사성의 발견과 그것의 시적 현실화로 인해 이용악의 시는 비로소 보편성의 세계로 진입하게 된 것이다.

『낡은 집』—궁핍화와 유·이민 삶의 형상화

이용악 시의 가장 빛나는 부분은 당대 현실의 궁핍상을 있는 그대로 묘파하면서도 어쩔 수 없이 정든 고향인 이 땅을 떠나 유랑하는 민족, 민중의 고통스러운 삶을 형상화하는 데서 드러난다. 말하자면 당대 민족이 처한 궁핍상과 유·이민 문제를 정면으로 다룬 데서 그의 문학이 일제강점기 민족문학의 가장 정채로운 부분으로 육박해 들어갈 수 있었다는 뜻이다.

이러한 문제는 제2시집 『낡은 집』[54)에서 집중적으로 다루어진다. 이 시집에는 「검은 구름이 모여든다」, 「너는 피를 토하는 슬픈 동무였다」에서 시작되어 표제시 「낡은 집」을 끝으로 모두 15편의 시, 그리고 이용악의 꼬리말과 안함광의 「낡은 집」 평이 수록되어 있다. 첫 시집을 펴내고 1년 만에 다시 펴내는 이 시집을 통해서 비로소 이용악이 민족문학의 중심부로 다가서게 된 것으로 이해된다. 그만큼 당대 민족이 처한 현실문제로서 유·이민 문제가 하나의 문학적 전범을 마련하게 된 것으로 판단되기 때문이다.

날로 밤으로
왕거미 줄 치기에 분주한 집
마을서 흉집이라고 꺼리는 낡은 집
이 집에 살았다는 백성들은
대대 손손에 물레줄
은 동곳도 산호 관자도 갖지 못했니라

재를 넘어 무곡을 단이던 당나귀
항구로 가는 콩시리에 늙은 둥글소
모두 없어진 지 오랜
외양깐엔 아직 초라한 내음새 그윽하다만
털보네 간 곳은 아모도 몰은다

찻길이 뇌이기 전
노루 멧돼지 쪽제피 이런 것들이
앞뒤 산을 마음 놓고 뛰어단이던 시절
털보의 셋째 아들은

털보의 싸리말 동무는
이 집 안방 짓두광주리 옆에서
첫 울음을 울었다고 한다

'털보네는 또 아들을 봤다우
송아지래두 불었으면 팔아나 먹지'
마을 아낙네들은 무심코
차그운 이야기를 가을 냇물에 실어 보냈다는
그날 밤
저릎등이 시름시름 타들어가고
소주에 취한 털보의 눈도 일층 붉더란다

갓주지 이야기와
무서운 전설 가운데서 가난 속에서
나의 동무는 늘 마음 조리며 잘았다
당나귀 몰고 간 애비 돌아오지 않는 밤
노랑 고양이 울어 울어
종시 잠 이루지 못하는 밤이면
어미 분주히 일하는 방앗간 한구석에서
나의 동무는
도토리의 꿈을 키웠다

그가 아홉살 되든 해
사냥개 꿩을 쫓아 단이는 겨울
이 집에 살던 일곱 식솔이
어대론지 살아지고 이튼날 아침
북쪽을 향한 발자옥만 눈 우에 떨고 있었다

더러는 오랑캐영 쪽으로 갔으리라고
더러는 아라사로 갔으리라고
이웃 늙은이들은
모두 무서운 곳을 짚었다

지금은 아무도 살지 않는 집
마을서 흉집이라고 꺼리는 낡은 집
제철마다 먹음직한 열매
탐스럽게 열던 살구
살구나무도 글거리만 남았길래
꽃피는 철이 와도 가도 뒤울안에
꿀벌 하나 날아들지 않는다
  • 「낡은 집」 전문

이 시는 시집 『낡은 집』의 표제시이다. 그만큼 비중을 차지한다는 말이다. 이 시집은 초기시와 첫 시집 『분수령』에서의 개인사 내지 가족사 문제가 사회사·역사의 차원으로 이끌어올려져 있는 것이 특징이다.

이 시에서 문제가 되는 것은 사람 자식을 보는 일이 송아지를 낳는 일보다도 못하다고 하는 처절한 당대 궁핍상이 제시된 점이다. 그만큼 30년대 이 땅 현실이 궁핍화로 치닫고 있음을 반증하는 예가 아닐 수 없겠다. 무엇보다도 이 시에 "그가 아홉살 되든 해/사냥개 꿩을 쫓아 단이는 겨울/이 집에 살던 일곱 식솔이/어대론지 살아지고 이튿날 아침/북쪽을 향한 발자옥만 눈 우에 떨고 있었다"와 같이 농촌 빈민들의 유·이민화 문제가 제기된 것은 주목을 환기한다. 이러한 한 가족의 참담한 궁핍상과 야반도주의 문제는 어느 특정 가족의 일만이 아니다. 1920~30년대 일제강점하 이 땅 농촌의 분해과정, 즉 자작농이 소작농으로, 다시 고용농(머슴)이 되었다가 도시빈민으로 흘러들고, 다시 화전민이 되거나 유·이민이 되어 만주·시베리아 등지로 떠돌게 되는 모습이 생생하고 구체적으로 제시되어 있는 것이다. 이러한 국외 유·이민화는 당대 일제의 수탈로 인해 막다른 골목에 처한 우리 민족의 참상을 보여준 것이 아닐 수 없었다.

식민지의 농업구조 전체가 식민모국에의 값싼 식량을 공

급하도록 짜여졌기 때문에 곡가는 흉·풍년을 막론하고 적자영농에 허덕이지 않을 수 없었으며 (……) 결국 파산해서 이른바 '야반도주'를 하지 않을 수 없게 되고 그렇게 되면 유랑민이 되거나 화전민이 되며 도시로 나아가 품팔이꾼이 되거나 심한 경우 걸인으로 전락하지 않을 수 없었다.[55]

실상 이러한 지적에서처럼 유·이민 문제는 당시 사회·역사의 첨예한 현실문제로 제기되었으며 우리 시에서는 이미 1920년대 이상화의 시에서 제시된 바 있다.

아, 가도다, 가도다, 쪼처가도다
이즘 속에 있는 간도와 요동벌로
주린 목숨 움켜 쥐고, 쪼처가도다
진흙을 밥으로, 햇채를 마셔도
마구나, 가졌드면, 단잠은 얽맬 것을―
사람을 만든 검아, 하로 일즉
차라로 주린 목숨, 빼서 가거라!

아, 사노라, 취해 사노라
自暴 속에 있는 서울과 시골로
멍든 목숨 행여 갈가, 취해 사노라

어둔 밤 말없는 돍을 안고서

피울음을 울드면, 설음은 풀릴 것을ㅡ

사람을 만든 검아, 하로 일즉

차라로 취한 목숨, 죽여 바리라!

• 이상화, 「가장 비통한 祈慾」 전문

'간도 이민을 보고'라는 부제가 붙은 이 시에는 일제의 착취와 수탈에 견디다 못해 간도와 요동벌로 쫓겨가는 민족의 수난상이 묘파되어 있다. 이른바 한일합방 이후 일본인들의 조선반도 진출과 더불어 조선인의 만주 · 시베리아로의 내어쫓김이 시작된 것이다. "얼음짱 깔린 강바닥을/바가지 달아매고 건너는 밤마다 밤마다 외로이 건너는/함경도 이사꾼" (김동환, 「국경의 밤 · 6」)의 모습은 바로 제 땅과 고향을 잃고 두만강 · 압록강을 건너가던 이 땅 민족의 서러운 유랑사를 제시한 것이 된다. 동양척식주식회사를 앞세운 일제의 무자비한 토지수탈과 그에 따른 농촌의 궁핍화로 인해 대대적인 북방 유 · 이민이 발생하게 된 것이다.

실상 이 시에서 "진흙을 밥으로, 햇채(시궁창물ㅡ인용자)를 마셔도/마구나, 가졌드면, 단잠은 얽맬 것을ㅡ/사람을 만든 검아, 하로 일즉/차라로 주린 목숨, 빼서 가거라"라는 절규는 기아선상에서 시달리며 죽음을 목전에 둔 당대의 비참한 궁핍상을 반영한 것이 아닐 수 없다.

1933년의 경우도 식민지 지배 당국의 조사에 의하면 "춘계 식량 단경기(端境期)에 궁(窮)하는 농가수" 즉 춘궁 농민호가 전국적으로 1,253,299호나 되어 전국 총농가 298만호의 약 41%가 되었으며, 구체적으로는 자작농 춘궁민이 92,304호, 자소작농이 324,470호, 소작농이 837,511호나 되었다.[56]

정읍군 입암면 천원리 통정성지조(筒井盛之助, 일인 명-인용자)는 뽕나무 밭의 비료로서 콩깻묵을 시비했는 데 그 대부분을 파서 훔쳐갔다. 누군가가 식량이 궁해서 한 행위이다. 세민의 생활고는 동정해 마지 않을 수 없다고들 말하고 있다.

초목의 뿌리나 잎새로 연명을 하는 사람이 얼마나 되는 가 '보풀'을 먹는 사람이 23,062호에 112,362명을 비롯하 여 소나무껍질, 머름, 칡뿌리 등 30여종으로 살아가는 사람 이 17만호에 71만 3천명인 즉 이 지역 총인구의 6할이다.

장수지방 계북면 임평리에서는 세민들이 궁한 나머지

이곳의 심곡산에서 나는 白土를 식용으로 하여 이 때문에
마을사람 다수가 변비에 걸린 실례이다.[57]

한마디로 당대 국토와 민족 전체의 모습이 그야말로 궁핍
의 극단으로 말미암아 심각하게 중병을 앓고 있는 모습이라
고 하겠다. 그러기에 당대의 리얼리즘 시들에는 이러한 궁핍
상이 적나라하게 제시되어 있는 모습이다.

마을 뒤 낮은 언덕에 사시장청 푸른 솔숲흔

악착한 낮 끝에 껍질을 벗기우고

불탄 자취와도 같이 말랐소

조흔 경치라고 그렇게까지 위하든 솔숲흘

그들은 잔인하게도 말려버렸소

산직이의 …과 …도

그들은 용감히 무시할 수 있었소

그것은 죽음을 각오한 사람의 마지막 발악이었겠지

그러나 창백하게 부어올은 어머니들의

소나무껍질을 삼고 있는 광경을 생각하여보우

봄이슬에 살진 냉이나 고사리를

정성스레 깨끗이 골르든 누나들의 바구니는

주린개의 창자와 같이
쓰고 단 것을 가릴 겨를도 없이
먹고 죽지 않는 풀이면 다 캐여담소

입맛을 도치든 이른봄 뫼ㅅ나물이
오히려 목숨을 끌고가는 양식이 될 줄이야
아침 햇발이 아직도 자욱한 아즈랑이 속의 아즉일 때
산골 시내에 풀뿌리를 씻어가지고
바구니 속엔 새알만한 된장에 찍어
밤을 지낸 비인 창자를 채워보려고
어느새 청춘을 잃어버린 누나들의 얼골빛!

이것은 나의 고향뿐이 아니우
이것을 보고 헛되이 탄식하며
살 곳을 찾어 떠나겠다고 많은 사람들 그것도 그릇된 생
각 아니겠수
이것을 보고 내가 엇더케 도라갈 수 있겠수
그들과 나는 살곳을 찾어 떠나기 전에
힘을 모아 살어갈 방법을 생각하여야겠수 살어갈 방법!
이것을 생각할 때
그대여 나는 떠날 수 업소

이 광경을 보고 참아 내 몸만 피할 수는 업수[58]

　바로 이러한 궁핍상을 견디다 못해 이 땅의 헐벗고 굶주린 민중들이 정든 고향땅을 버리고 타관으로 전전하다가 마침내 산설고 물선 타국땅으로 유·이민의 길을 떠날 수밖에 없다는 뜻이다. 그래서 압록강·두만강을 건너 만주 땅·시베리아 땅으로 떠나가게 된 것이다.

　　가도가도 끝없는 험한 묏길을
　　집없는 늙은 길손 짐진 나그네
　　살 길이라 떠가는 이몸이어니
　　豆滿江 건너서는 누굴 찾을까

　　가자가자 훨훨 가자 눈물을 슷자
　　푸른 물결 흰 물결 뛰노는 물결
　　가벼운 네 발자취 내게 주려마

　　밤깁흔 산중에 버레가 울제
　　벗어진 머리에선 구슬땀이라
　　뼈만 부른 학다린 껑충중 몰고
　　떠가는 저곳이란 그 어디멘가

가자가자 훨훨 가자 눈물을 숫자
밤바람 새벽바람 산치는 바람
가비야운 네 발자춰 내게 주려마[59)

  그렇다면 유·이민이 떠나간 그곳은 과연 어떠한 형편이
던가? 『산제비』의 시인 박세영의 시에는 이러한 유·이민의
비참한 현실이 생생하게 묘파되어 있어 관심을 끈다.

그대는 남편도 없는 그대는
늙은 어머니와 어린 자식들을 데리고
대담히도 北滿으로 떠난 지도 이미 三年.

한 해, 두 해 기다려도 소식 없더니만,
이제야 왔다는 소식이 이것이었든가?
그대들의 최후를 말하는, 쓰라린 이 소식이었든가.

우리는 정말 몸이 부르르 떨리고
왼 몸에 소름이 끼치여 못 견디겠구나.

그대가 그렇게 말못할 고생을 하였고,
그렇게도 묏돼지 같은 욕심쟁이에게

피와 땀을 다― 말리웠다지.

그대가 그곳에 갈 적에는
한가닥 희망을 바라고
용감히도 사나이답게 나서지 않았든가.

그러나 그대는 약한 몸이 황소같이 일을 했고,
강냉이와 조밥도 없이
넓은 광야에서 배만 주리었다지.

어린 것들은 울고불고 고향으로 가겠다지
허나 그대는 다시는 고향에 오지 못하고,
원한의 죽음을 하였다지.

그대여 砲煙이 구름같이 피어오르는
그곳을 빠져나와,

어린 자식이나 살릴까 하고,
하룻밤 하루낮을 南으로 南으로 걸었다지.

그러나 그것도 소용없이

그대는 어린 것을 업은 채,
만주벌판에 엎으러지고 말었다지,
생각만 하여도 가엾구나.

그대여 한 여자의 몸으로서
北으로 만리길을 더듬을 결심이었거든
차라리 이곳에서 손목을 잡고,
억세게 나가지 않았드란 말인가.

그러나 이 비참한 최후의 소식을 듣고는
그대의 남어지 가족들은 마루를 두드렸고
방고래가 따지라고 치며 울었단다.

北으로 간들, 南으로 간들
가난한 몸이어니
무에 신통한 희망이 있드란 말이냐.

오! 그러나 그대의 죽엄은 우리의 가슴에 낙인을 찍고
갔다.
그대와 같은 쓰라린 사실이 왜 이리도 늘어만 간단 말
이냐.

西山을 넘은 해는 대지를 어둠의 골로 만들 때.
무심히도 대지 저 끝 하늘조차 어두어가는 것을 보니
나의 가슴은 너무나 탄다.
만일에 햇빛이 다시 한번 노을을 펴보지 못한다면
이내 가슴의 情熱로라도 펴보고 싶구나.
아하! 왼 하늘에 펴보고 싶구나.[60]

　한 예로 뽑아본 이 시에는 일제의 강점과 수탈로 인해 가진 것이라곤 굶주림과 죽음의 길밖에 없는 당대 조선민중의 참상이 리얼하게 드러나 있다. 북방으로 유·이민길을 떠나와 어느새 생활의 기둥인 남편도 잃고 노모와 어린 자식들을 데리고 어기차게 살아가다가 북만주의 황량한 벌판에서 고통으로 죽어간 한 여인의 비참한 삶이 제시되어 있는 것이다.

　그러나 이 시가 강조하고자 하는 것은 이 비참한 한 여인의 운명 그 자체만은 아니다. 오히려 그러한 수탈과 궁핍, 억압과 수난, 그리고 죽음에 이르는 이러한 유·이민의 모습이야말로 바로 당대 조선민중 전체의 운명적 현실이라는 점을 제시하고자 한 것으로 이해된다. "북으로 간들, 남으로 간들/가난한 몸이어니/무에 신통한 희망이 있드란 말이냐//오! 그러나 그대의 죽엄은 우리의 가슴에 낙인을 찍고 갔다/그대와 같은 쓰라린 사실이 왜 이리도 늘어만 간단 말이냐"라는 구절 속에는 가난과 죽음의 삶이 바로 우리 민족이 처할 수밖에 없는 고통스러운 운명이라는 데 대한 당대인들의 처절한 자각이 담겨 있는 것으로 여겨지기 때문이다.

따라서 이 시는 일제강점으로 인해 쫓겨간 유·이민의 비참한 모습을 통해 일제에 대한 분노와 적개심을 드러낸 유·이민 저항시의 한 전형성을 지닌다고 하겠다. 이용악의 「낡은 집」은 바로 이러한 유·이민시의 현장성을 그에 걸맞은 예술적인 형상성으로 이끌어올린 1930년대 민족문학의 한 성과라고 하겠다.

　①　나는 죄인 처럼 숙으리고
　　　나는 코끼리 처럼 말이 없다
　　　두만강 너 우리의 강아
　　　너의 언덕을 달리는 찻간에
　　　조고마한 자랑도 자유도 없이 앉았다

　　　(……)

　　　잠들지 말라 우리의 강아
　　　오늘 밤도
　　　너의 가슴을 밟는 뭇 슬픔이 목말으고

얼음길은 거츨다 길은 멀다

기리 마음의 눈을 덮어 줄
검은 날개는 없나냐
두만강 너 우리의 강아
북간도로 간다는 강원도치와 마조 앉은
나는 울 줄을 몰라 외롭다
　• 「두만강 너 우리의 강아」 일부

② 네 애비 흘러간 뒤
소식 없던 나날이 무거웠다
너를 두고 네 어미 도망한 밤
흐린 하눌은 죄로운 꿈을 먹음었고

숙아
너를 보듬고 새우던 새벽
매운 바람이 어설궂게 회오리쳤다
　• 「검은 구름이 모혀든다」 일부

③ 너는 어미없이 자란 청년
나는 애비없이 자란 가난한 사내

우리는 봄이 올 것을 믿었지

식아

너는 때로 피를 토하는 슬픈 동무였다

• 「너는 피를 토하는 슬픈 동무였다」 일부

④ 철없는 누이 고수머릴랑 어루맍으며

우라지오의 이야길 캐고 싶던 밤이면

울 어머닌

서투른 마우재 말(러시아말―인용자)도 들려주셨지

졸음졸음 귀 밝히는 누이 잠들 때꺼정

등불이 깜빡 저절로 눈 감을 때꺼정

(······)

드나드는 배 하나 없는 지금

부두에 호젓 선 나는 멧비둘기 아니건만

날고 싶어 날고 싶어

머리에 어슴푸레 그리어진 그곳

우라지오의 바다는 얼음이 두텁다

• 「우라지오 가까운 항구에서」 일부

인용시 ①은 유·이민에게 슬픔으로 다가오는 운명의 강, 두만강을 노래한다. 두만강은 조선과 중국, 러시아가 만나는 경계선이면서 동시에 이 땅의 유·이민들이 이 땅에서 살다 살다 못해 끝내 만주로, 시베리아로 쫓겨가던 원망과 희망이 얼크러지는 눈물의 강이다. 이 두만강을 건너 "북간도로 간다는 강원도치"를 보면서 시인은 새삼 "나는 울 줄을 몰라 외롭다"는 비탄의 심정에 사로잡히게 되는 것이다. 실상 이 시집에는 "북으로 가는 남도치들이/산ㅅ길을 바라보고서 그만 맥을 버리고/코을콜 낮잠자던 버드나무 그늘"(「버드나무」 일부)이라든지 "네 두만강을 건너왔다는 석 달 전이면/단풍이 물들어 천리 또 천리 산마다 불탔을 텐데/그래도 외로워서 슬퍼서 치마폭으로 얼굴을 가렸더냐"(「전라도 가시내」 일부)라는 시구에서 보듯이 유·이민들의 정처없는 삶의 풍정이 '두만강'을 배경으로 펼쳐져 있는 것이다. 그만큼 두만강은 단순히 이용악 고향 경성의 강으로서가 아니라 우리 민족, 유·이민들이 건너오가는 민족의 강, 운명의 강으로 상승되어 있다는 뜻이 되리라.

시 ②와 ③에는 그러한 유·이민 가족들의 절박한 처지가 그려져 있다. "네 애비 흘러간 뒤/소식 없던 나날이 무거웠다/너를 두고 네 어미 도망한 밤"과 같이 풍비박산되어버린 유·이민 가족의 불구화된 모습이 묘파되어 있는 것이다. 또한 "너는 어미없이 자란 청년/나는 애비없이 자란 가난한 사내"와 같이 부모 상실로 인한 결핍과 고아의식이 당대의 흔하디 흔한 보편적 모습이었음을 제시해준다. 말 그대로 이 시편들은 당대 조선민중들이 처한 불운한 운명의 표정성을 묘파하고 있는 것이다.

④도 마찬가지다. 아버지를 잃고 어머니 손에 자라던 유·소년시절의 풍정이 제시되면서 "머리에 어슴푸레 그리어진 그곳/우라지오의 바다는 얼음이 두텁다"와 같이 비관적인 현실인식이 제시되어 있음을 본다.

그렇지만 여기에서 한 가지 관심을 가질 것은 시 ③과 ④에서처럼 무언가 미래에 대한 엷은 희망을 기대하고 있다는 점이다. "우리는 봄이 올 것을 믿었지"라는 구절이 그 단적인 예이다. 마치 윤동주의 시 「별헤는 밤」에서처럼 "겨울이 지나고 나의 별에도 봄이 올" 것을 믿고 기다리는 형국이다.

이렇게 볼 때 이용악의 시편들은 궁핍과 절망을 끈질기게 노래하면서도 이러한 것들을 이겨내고 새봄이 올 것을 믿고 기다리는 낙관적인 전망을 내장하고 있음을 확인할 수 있다. 개인사적 절망과 고통을 당대의 시대정신의 공적 차원으로 이 끌어올림으로써, 민족이 처한 현실을 꿰뚫어보며 새롭게 일어나 출발하고자 하는 의지를 보여준다는 점에서 그의 시가 보편성을 획득하고 객관적 설득력을 지닐 수 있음은 물론이다.

『오랑캐꽃』—불운한 운명에의 공감과 연대의식

　제3시집 『오랑캐꽃』[61]은 29편이 수록되어 있으며, 그가 일제강점하에서 마지막으로 발표한 시 「구슬」(『춘추』, 1942. 6)을 포함하여 표제시인 「오랑캐꽃」(1939. 10)과 연작시 「두메산골」, 그리고 「뒷길로 가자」, 「어둠에 젖어」, 「바람 속에서」, 「슬픈 일 많으면」, 「전라도 가시내」 등 일제강점기에 쓰여진 시들이 집중적으로 수록되어 있다. 해방 후에 간행된 시집이지만 그동안 발표된 것들을 중심으로 해서 버리기 아까운 작품들을 대부분 추려모은 것으로 짐작된다. 말하자면 시인 자신 지난날의 정리이자 하나의 청산이고 새출발하기 위한 디딤돌로서의 의미를 지닌다고 하겠다.

　이 시집의 모두에 실려 있는 표제시 「오랑캐꽃」은 그의 시작생활의 절정을 보여준 것으로 생각된다.

—기인 세월을 오랑캐와의 싸움에 살았다는 우리의 머언 조상들이 너를 불러 「오랑캐꽃」이라 했으니 어찌 보면 너의 뒷모양이 머리태를 드리인 오랑캐의 뒷머리와도 같은 까닭이라 전한다—

안악도 우두머리도 돌볼 새 없이 갔단다
도래샘도 띳집도 버리고 강 건너로 쫓겨 갔단다
고려 장군님 무지무지 처드러와
오랑캐는 가랑잎처럼 굴러 갔단다
구름이 모혀 골짝 골짝을 구름이 흘러
백 년이 몇 백 년이 뒤를 니어 흘러갔나
너는 오랑캐의 피 한 방울 받지 않었것만
오랑캐꽃
너는 돌가마도 털메투리도 몰으는 오랑캐꽃
두 팔로 해ㅅ빛을 막아 줄께
울어보렴 목놓아 울어나 보렴 오랑캐꽃
• 「오랑캐꽃」 전문

앞에서 미당의 시 「귀촉도」와 연관지어 살펴본 바 있지만, 이 시에는 서정공간에 역사성과 설화성으로서 서사공간을 담고 있는 것이 특징이다. "기인 세월을 오랑캐와의 싸움에 살았다는 우리의 머언 조상들이 너를 불러 「오랑캐꽃」이라 했으니 어찌 보면 너의 뒷모양이 머리태를 드리인 오랑캐의 뒷머리와도 같은 까닭이라 전한다"라는 부연 설명이 있는 이 시는 지금까지 몇 가지 방향으로 해석되어 왔다.

여기서의 '오랑캐'는 역사의 변방만을 표상하는 시적 징표로서 '고려장군님'과의 교묘한 전위 끝에 그 자리바꿈한 시적 의미를 고스란히 '오랑캐꽃'에 이월하고 있다. 이러한 시적 장치는 우리 민족문화에 대한 원천적 말살이 일제에 의해 조직적이고도 광범하게 자행되었던 당대 정치상황에 대한 이 시인의 방법적 저항의 산물이라 할 수 있다.

이렇게 볼 때, 2연의 '오랑캐꽃'이 함축하는바 시적 의미는 매우 심중하다. "돌가마도 털메투리도 모르는 오랑캐꽃"의 연약한 형상이야말로 일제 식민통치 아래 신음하는 그 시기 조선민중의 객관적 상관물에 다름아니기 때문이다.[62)]

이 시가 일제하 조선 민중의 상황에 대해 언급하고 있다는 것, 그런 의미에서 궁극적으로 민족적 자의식에 기초해 있다는 것은 긴 설명을 필요로 하지 않는다. (……) 이 시에서 우선적으로 이야기되어 있는 것은 민중의 고난이며,

그 고난에 대하는 시인의 슬픔이다. 이 경우 민중이 반드시 일제하의 조선 민중에 국한될 필요는 없는 것이다.[63]

결국 이 시는 역사의 무상함과 반전된 역사의 현실 속에서 피압박자로 전락된 이민족, 특히 옛날의 기상을 찾아볼 수 없이 무기력하게 당하기만 하는 연약한 민족적 현실에 대한 연민의 정을 표현하고 있는 것이다. '오랑캐'는 '고려장군님'과 대립적인 관계로 놓이고 '오랑캐꽃'은 문맥에 직접 드러나 있지는 않지만 어떤 압박자(일제)와 대립적 관계로 놓인다. 그리고 오랑캐를 쳐부수던 능동적인 고려장군님의 후손들이 역사의 반전과 함께 오랑캐가 아니면서도 오랑캐와 같은 운명으로 전락하고 말았다는 서러운 감회가 이 시에 표상되어 있는 것이다.[64]

이러한 핵심은 오랑캐꽃 또는 이 시가 '조선민중의 객관적 상관물'(윤영천), '민족적 자의식'의 표현(김종철), 그리고 '오랑캐가 아니면서도 오랑캐로 전락하고 만 민족의 운명에 대한 서러운 감회의 표상'(감태준)으로 요약할 수 있다. 세 가지 해석 모두 타당성이 있고 바람직한 내용이라고 하겠다.

그러나 이 시를 자세히 들여다보면 이 시가 세 가지 층위로 짜여져 있음을 알 수 있다. 첫 번째 층위는 첫째 연이 의미하는 역사적 서사공간이다. 북방 오랑캐들과의 오랜 싸움에 시달리면서 수난과 역경으로 점철되어온 이 땅 민족사의 슬픈 운명성을 담고 있는 것이다. 그러면서도 "고려 장군님 무지무지 처들어와/오랑캐는 가랑잎처럼 굴러 갔단다"라는 구절에서 보듯이 윤관의 여진 정벌과 같이 국난극복의 순간들, 승리와 평화의 시간도 없지 않았던 것이 사실이다. "북쪽은 고향/그 북ㅅ은 여인이 팔려간 나라/머언 산맥에 바람이 얼어붙틀 때/다시 풀릴 때"라는 시 「북쪽」이 상징하는 것이 바로 그것이다. 역사의 표상인 '산맥'이 '얼어붙을 때'와 '풀릴 때'라는 대조적 심상으로 짜여져 있는 것이다. 이것은 바로 수난과 역경, 그리고 극복과 평화의 시간들이 교차하면서 굽이쳐 흘러온 이 땅 역사의 모습을 형상화한 것으로 볼 수 있다. 첫째 연에는 이처럼 민족의 재발견이 제시되어 있다는 뜻이다.

두 번째 층위는 둘째 연에서처럼 오랑캐꽃을 통해 민중의 발견을 노래하는 모습으로 제시된다. "너는 오랑캐의 피 한 방울 받지 않았건만/오랑캐꽃/너는 돌가마도 털메투리도 몰으는 오랑캐꽃"이라는 구절 속에는 폭력적인 외적의 침입이나 정치권력의 변동, 또는 무상한 왕조의 교체 등 역사와 상관없이, 그야말로 아무런 죄 없이 살아가면서도 역사의 고비마다 상처받고 수난당하는 힘없는 사람들, 즉 민중에 대한 응시와 연민이 담겨 있는 것으로 풀이되기 때문이다. 말하자면 "우리집도 안이고/일가집도 안인 곳/고향은 더욱 안인 곳에서/아버지의 침상 엄는 최후 최후의 밤은//(······)//다시 쓰시잔는 두 눈에/피지 못한 꿈의 꽂봉오리가 쌀안ㅅ고/어름짱에 누우신 듯 손발은 식어갈 뿐/입술은 심장의 영원한 정지를 가르첫다"(「풀버렛소리 가득차 잇섯다」 일부)라는 구절에서처럼 온갖 고난과 시련 끝에 이국땅에서 떨어져간 꽃봉오리로서 아버지, 즉 이 땅 민중의 애달픈 모습이 투영되었다고 할 수 있다는 뜻이다.

세 번째 층위는 개인적·실존적 층위이다. 첫째 연에서의 민족의 발견과 둘째 연에서의 민중의 발견이 셋째 연에서는 오랑캐꽃과 시적 화자의 공감과 연대감에 의해 하나로 통합됨으로써 자아와 세계의 행복한 일치를 성취하게 되는 것이다. "너는 오랑캐의 피 한 방울 받지 않었것만/오랑캐꽃/너는 돌가마도 털메투리도 몰으는 오랑캐꽃/두 팔로 해ㅅ빛을 막아 줄게/울어보렴 목놓아 울어나 보렴 오랑캐꽃"이라는 결구 속에는 오랜 역사적 수난과 시련의 상징이자 연민의 대상으로서의 오랑캐꽃과 온갖 절망과 고통 속의 현실을 억눌려 살아가는 시적 화자의 모습이 하나로 통합되면서 극복과 초월의 길로 나아가게 되는 것이다. 다시 말해 그처럼 죄 없이 수난받고 상처받는 오랑캐꽃의 모습을 통해서 새삼 자아의 발견, 운명의 발견을 성취하게 된다는 뜻이다.

　이렇게 본다면 '오랑캐꽃'을 통해서 시인은 수난으로 가득
찬 이 땅 역사의 전개의 과정을 통찰하면서 불운한 민족의
발견, 민중의 발견, 개인과 운명의 발견을 동시에 성취하게
된 것으로 이해된다. 이 점에서 시「오랑캐꽃」은 이용악 시
의 한 정점이면서 이 땅 민족시의 한 성과이고 민중시의 전
범으로서 포괄성을 획득했다고 하겠다. 역사성과 현실성, 서
사성과 서정성, 사상성과 예술성이 서로 얼크러지면서 민족
문학의 한 전형성을 제시했다는 점에서 시사적 의미를 지닌
다는 뜻이다.

　이러한 민족과 민중의 발견, 개인과 운명의 발견은 다음
시에서 다시 그 한 표정성이 엿보인다.

　알룩조개에 입마추며 자랐나
　눈이 바다처럼 푸를 뿐더러 까무스레한 네 얼골
　가시내야
　나는 발을 얼구며
　무쇠다리를 건너 온 함경도 사내

　바람소리도 호개도 인전 무섭지 않다만
　어두운 등불 밑 안개처럼 자욱한 시름을 달게 마시련다만

어디서 흥참한 기별이 뛰어들 것만 같애
두터운 벽도 이웃도 못믿어운 북간도 술막

온갖 방자의 말을 품고 왔다
눈포래를 뚫고 왔다
가시내야
너의 가슴 그늘진 숲속을 기어간 오솔길을 나는 헤매이자
술을 부어 남실남실 술을 따루어
가난한 이야기에 고이 잠거다오

네 두만강을 건너왔다는 석 달 전이면
단풍이 물들어 철리 또 철리 산마다 불탔을 겐데
그래두 외로워서 슬퍼서 초마폭으로 얼굴을 가렸더냐
두 낮 두 밤을 두루미처럼 울어 울어
불술기 구름 속을 달리는 양 유리창이 흐리더냐

차알삭 부서지는 파도 소리에 취한 듯
때로 싸늘한 웃음이 소리 없이 색이는 보조개 가시내야
울듯 울듯 울지 않는 전라도 가시내야

두어 마디 너의 사투리로 때아닌 봄을 불러 줄게

손때 수집은 분홍 댕기 휘 휘 날리며
잠깐 너의 나라로 돌아 가거라

이윽고 얼음길이 밝으면
나는 눈포래 휘감아치는 벌판에 우줄우줄
나설게다
노래도 없이 사라질게다
자욱도 없이 사라질게다
•「전라도 가시내」[65] 전문

이 전라도 가시내는 아마도 시인이 "두터운 벽도 이웃도
못믿어운 북간도 술막"쯤에서 만난 한 술집 여성일 것으로
추측된다. 멀리 남쪽 끝 전라도에서 북간도까지 삶을 찾아
흘러와 술집에서 일하며 고단하게 살아가는 '팔려온 여인'의
모습인 것이다. "외로워서 슬퍼서 초마폭으로 얼굴을 가렸더
냐"처럼 타관살이에서 역경과 고난을 겪으면서도 "울듯 울
듯 울지 않는 전라도 가시내야"처럼 그것들을 극복해 나아가
고 있는 모습이라 하겠다. 이런 전라도 가시내의 모습은 마
치 시 「북쪽」에서 '북쪽으로 팔려간 여인'처럼 역사 속의 온
갖 풍파와 박해, 편견과 오해 속에서도 꿋꿋하게 생명력을
유지하고 살아가는 오랑캐꽃의 형상과 서로 근원적 동일성

을 지니는 것으로 보이기 때문이다.

또한 이 시에서 시의 화자 또는 시인이 이 전라도 가시내로부터 느끼는 연민과 정신적 연대감 역시 오랑캐꽃에서 느끼는 그것과 별반 다른 것이 아니다. 전라도 가시내는 오랑캐꽃처럼 불운한 민족, 고달픈 민중, 그리고 상처받은 개인의 운명성을 새삼 자각하고 그에 대한 공감과 연민을 불러일으키게 하는 한 매개원리로서 의미를 지닌다는 뜻이다.

『이용악집』—민족해방과 새조국 건설의 꿈

해방후 이용악이 처음 발표한 시는 『해방기념시집』(중앙 문화협회, 1945)에 발표한 「시골 사람의 노래」이다.

귀 맞춰 접은 방석을 베고
젖가슴 헤친채로 젖가슴 헤친채로
잠 든 에미네며 딸년이랑
모두들 실상 이쁜데
요란스레 달리는 마지막 차엔
무엇을 실어 보내고
당황히 손을 들어야 하는 것일까

몇마디의 서양말과 글짓는 재주와
그러한 것은 자랑 삼기에 욕되었도다

흘러 내리는 머리칼도
목덜미에 점점이 찍혀
되려 복스럽던 검은 기미도
언젠가 쫓기듯 숨어서
시골로 돌아온 시골 사람
이 녀석 속눈섭 츨츨히 길다란 우리 아들도
한번은 갔다가
섭섭이 돌아 와야할 시골 사람

불타는 술잔에 꽃향기 그윽한데
바람이 이는데
이제 바람이 이는데

어디로 가는 사람들이
서로 담뱃불 빌고 빌리며
나의 가슴을 건느는 것일까
　• 「시골 사람의 노래」[66] 전문

　일제강점 말기인 1942년부터 해방되어 서울로 귀경하기
까지 이용악은 고향 경성에 머무른다. 그 사이 그는 일본에
서의 유학생활을 마치고 귀국하여 최재서가 주관하던 잡지

『인문평론』의 편집기자로 근무하기도 하였지만, 그러한 일제말의 서울 생활, 특히 잡지사의 기자 생활이 그에게는 잘 맞지 않았던 것으로 보인다.

"모두 벼슬없는 이웃이래서/은쟁반 아닌/아무렇게나 생긴 그릇이 되려/머루며 다래까지도 나눠먹기에 정다운 것인데/서울 살다 온 사나인 그저 앞이 흐리오/멀리서 들려오는 파도소리와 함께/모올래 울고 싶은 등잔밑 차마 흐리워"(「등잔밑」전문)와 같이 실의와 좌절감에 사로잡혀 살아간 것이다. 그러기에 이 무렵 그는 시 「막차 갈 때마다」에서 보듯이 "어쩌자고 자꾸만 그리워지는/당신네들을 깨끗이 잃어버리고자/북에서도 북쪽/그렇습니다 머나먼 곳으로 와버린 것인데/산굽이 돌아 돌아 막차 갈 때마다/먼지와 함께 들이키기엔 너무나 너무나 차가운 유리잔"과 같이 고향에서도 차가운 단절감과 소외감을 느끼게 된다.

시 「시골 사람의 노래」에는 이러한 일제말 낙향살이에서의 패배감과 자괴심이 표출되는 것과 함께 해방을 맞이하여 새롭게 불어오는 변화의 기운에 대한 담담한 술회가 피력되어 있어 관심을 환기한다. "몇마디의 서양말과 글짓는 재주와/그러한 것은 자랑 삼기에 욕되었도다//(……)//언젠가 쫓기듯 숨어서/시골로 돌아온 시골 사람"이라는 중간 구절과 "바람이 이는데/이제 바람이 이는데//어디로 가는 사람들이/

서로 담뱃불 빌고 빌리며/나의 가슴을 건느는 것일까"라는 끝구절의 대응이 그것이다. 해방을 맞이하면서 발간된 『해방기념시집』에 처음 발표한 시가 바로 이「시골 사람의 노래」라는 점을 유의해보면 이용악의 이러한 이율배반의 심정이 잘 이해가 가는 바이다.

이 해방공간에서 이용악이 무엇보다 관심 갖는 것은 귀향 이민문제가 아닐 수 없겠다. 그가 일제강점기 시에서 줄기차게 노래해온 것이 고통스러운 유·이민의 삶이며, 조국의 고단한 역사이고, 불운한 민족의 운명성이었기 때문이다.

무엇을 실었느냐 화물열차의
검은 문들은 탄탄히 잠겨졌다
바람 속을 달리는 화물열차의 지붕 우에
우리 제각기 들어누워
한결 같이 쳐다보는 하나씩의 별

두만강 저쪽에서 온다는 사람들과
쟈무스에서 온다는 사람들과
험한 땅에서 험한 변 치르고
눈보라 치기 전에 고향으로 돌아 간다는
남도 사람들과

북어 쪼가리 초담배 밀가루 떡이랑

나눠서 요기하며 내사 서울이 그리워

고향과는 딴 방향으로 흔들려 간다

푸르른 바다와 거리 거리를

서름 많은 이민열차의 흐린 창으로

그저 서러이 내다보던 골짝 골짝을

갈 때와 마찬가지로

헐벗은채 돌아 오는 이 사람들과

마찬가지로 헐벗은 나요

나라에 기쁜 일 많아

울지를 못하는 함경도 사내

총을 안고 뽈가의 노래를 불르던

슬라브의 늙은 병정은 잠이 들었나

바람 속을 달리는 화물열차의 지붕 우에

우리 제각기 들어누워

한결 같이 쳐다보는 하나씩의 별

• 「하나씩의 별」 전문

먼저 이 시에는 서울로, 남으로 달려가는 귀향열차의 지붕

위에 드러누워 바라보는 별을 통해서 해방의 기쁨과 새날에 대한 희망을 노래하고 있다. "두만강 저쪽에서 온다는 사람들과/쟈무스에서 온다는 사람들과/험한 땅에서 험한 변 치르고/눈보라 치기 전에 고향으로 돌아 간다는/남도 사람들과/북어 쪼가리 초담배 밀가루 떡이랑/나눠서 요기하며 내사 서울이 그리워/고향과는 딴 방향으로 흔들려 간다//(……)//서름 많은 이민열차의 흐린 창으로/그저 서러이 내다보던 골짝 골짝을/갈 때와 마찬가지로/헐벗은채 돌아 오는 이 사람들과/마찬가지로 헐벗은 나요/나라에 기쁜 일 많아/울지를 못하는 함경도 사내"란 구절이 바로 그것이다. 눈물로 고국 땅을 떠나가던 이민열차와 달리 다시 제각기 하나씩의 별, 즉 꿈과 희망을 안고 돌아오는 귀향열차의 풍경과 귀향민의 설레는 심경이 시인의 그것으로 표출되어 있는 것이다.

그렇지만 막상 돌아온 조국, 서울에서의 삶은 과연 어떠했던가?

집도 많은 집도 많은 남대문 턱 움속에서 두 손 오구려 혹 혹 입김 불며 이따금씩 쳐다보는 하늘이사 아마 하늘이기 혼자만 곱구나

거북네는 만주서 왔단다 두터운 얼음짱과 거센 바람 속

을 세월은 흘러 거북이는 만주서 나고 할배는 만주에 묻히
고 세월이 무심 찮아 봄을 본다고 쫓겨서 울면서 가던 길
돌아 왔단다

띠팡을 떠날 때 강을 건늘 때 조선으로 돌아가면 빼앗겼
던 땅에서 농사지으며 가 갸 거 겨 배운다더니 조선으로
돌아 와도 집도 고향도 없고

거북이는 배추꼬리를 씹으며 달디 달구나 배추꼬리를
씹으며 꺼므테테한 아배의 얼굴을 바라보면서 배추꼬리를
씹으며 거북이는 무엇을 생각하누

첫 눈 이미 내리고 이윽고 새해가 온다는데 집도 많은
집도 많은 남대문 턱 움속에서 이따금씩 쳐다보는 하늘이
사 아마 하늘이기 혼자만 곱구나
  • 「하늘만 곱구나」 전문

'1946년 12월 전재동포 구제 「시의 밤」 낭독시'인 이 시에
서 보듯이 고국에서의 삶, 서울에서의 생활이란 해방조국이
라는 사실 말고는 그다지 나아진 것이 없는 모습이다. 쫓겨
간 땅 만주에서 "거북이는 만주서 나고 할배는 만주에 묻히

고 세월이 무심 찮아 봄을 본다고 쫓겨서 울면서 가던 길 돌아 왔"건만, "조선으로 돌아가면 빼앗겼던 땅에서 농사지으며 가 갸 거 겨 배운다더니 조선으로 돌아 와도 집도 고향도 없는" 그런 황량한 모습인 것이다. 해방조국의 어두운 현실은 귀향이민들에겐 이미 또다른 상실된 고향의 모습이기에 "이따금씩 쳐다보는 하늘이사 아마 하늘이기 혼자만 곱구나"라는 좌절감에 사로잡힐 수밖에 없다는 뜻이다.

따라서 그의 시에는 이름 없는 이웃들, 상처받은 사람들끼리의 삶에 대한 혈연적 연대감이 표출된다. "다시 만나면 알아 못 볼/사람들끼리/비웃이 타는 데서/타래곱과 도루모기와/피터진 닭의 볏 찌르르 타는/아스라한 연기 속에서/목이랑 껴안고/웃음으로 웃음으로 헤어져야/마음편쿠나/슬픈 사람들끼리"(「슬픈 사람들끼리」 전문)라는 시가 그것이다. 이시에는 이러한 역사 속에서 상처받은 사람들, 삶의 중심부에서 밀려나 주변부를 살아가는 사람들, 즉 민중에 대한 연대감과 동지의식이 담겨 있는 것으로 해석되기 때문이다.

이러한 슬픈 사람들끼리의 연대감 또는 민중의식은 해방기 이용악 시에서 민중해방으로서 사회주의 지향성으로 나타난다.

모두들 캄캄한 골목을 거쳐온 사람들이다. 숨소리 숨겨

가며 그늘에서만 살아온 사람들이다. 등을 일으키면 어깨를 내리누르는 무거운 발굽이 있었다. 내딛는 자욱마다 발꿈치에 피터지는 가시덤불에서 오래인 동안 눈물겨운 苦役을 겪었다.

거개가 나면서부터, 더러는 섬크기 전부터 나라 없는 설움 속에 놓여졌던 사람들이다. 자유란 도시 있을 수 없었다. 조선사람이란 이름은 그대로 罪囚를 의미하는 것 이외의 아무것도 아니었다. 더욱이 시를 쓰고 소설을 쓴다는 것은, 아니 그것을 읽는다는 것만으로써도 충분히 思想犯으로 취급되었다.

전쟁이 마지막 고비에 들어서자 놈들은 조선의 모든 지식분자를 학살해버릴 黑帖까지를 꾸미었다. 전쟁이 조금만 늦은 속도로 해결되었더라도 우리는 오늘을 보지 못했을 것이다. 틀림없는 죽음에서 돌아온 사람들이다.[67]

일반적으로 해방기 문학의 과제는 일제식민지 잔재의 청산이며 새로운 민족문학의 건설로 요약할 수 있다. 인용문에서 보듯이 일제강점하에서의 삶이란 죄수의 모습 그 자체였으며, 그 속에서 글을 쓴다는 것은 범법행위로 간주되었다. 그렇기 때문에 친일잔재 청산과 새로운 '조선민족문학 건설'을 위한 전국문학자대회가 열린 것이고 이용악이 그에 대해 인상기를 쓰게 된 것이리라. 일제강점하에서 우리 민족은 "그러는 동안에 영영 잃어버린 벗도 있다/그러는 동안에 떠나버린 벗도 있다/그러는 동안에 몸을 팔아버린 벗도 있다/그러는 동안에 말을 팔아버린 벗도 있다"[68]와 같이 주권은 물론 생존권과 민족혼까지도 멸실당할 절대절명의 위기에 처했던 것이다.

시선집이자 제4시집[69]에는 이러한 이용악의 해방기 시의 특성과 사회주의 지향성이 잘 드러나 있다.

① 자유의 적 꼬레이어를 물리치고져
끝끝내 호올로 일어선 다뷔데는 소년이었다
손아귀에 감기는 단 한개의 돌맹이와
팔맷줄 둘러 메고
원수를 향해 사나운 짐승 처럼 내달린
다뷔데는 이스라엘의 소년이었다

나라에 또다시 슬픔이 있어
떨리는 손 등에 볼타구니에 이마에
싸락눈 함부로 휘날리고 바람 매짜고
피가 흘러
숨은 골목 어디선가 성낸 사람들

동포 끼리 옳잖은 피가 흘러
제마다의 가슴에 또다시 쏟아져 내리는
어둠을 헤치며
생각는 것은 다만 다뷔데

이미 아무것도 갖지 못한 우리
일제히 시장한 허리를 졸라 맬 여러 가지의
띠를 풀어 탄탄히 돌을 감자
나아가자 원수를 향해 우리 나아가자
단 하나씩의 돌맹이일지라도 틀림 없는
꼬레이어의 이마에 던지자
• 「나라에 슬픔 있을 때」 전문

② 잇발 자욱 하얗게 홈 감 빨뿌리와 담뱃재 소북한 왜
접시와 인젠 불 살러도 좋은 몇권의 책이 놓여 있는 거울
속에 너는 있어라

(……)

성미 어진 나의 친구는 고오고리를 좋아 하는 소설가 몹
시도 시장하고 눈은 내리던 밤 서로 웃으며 고오고리의

나라를 이야기하면서 소시민 소시민이라고 써놓은 얼룩진 벽에 벗어버린 검은 모자와 귀걸이가 걸려 있는 거울 속에 너는 있어라

그리웠던 그리웠던 구름 속 푸른 하늘은 우리 것이라 그리웠던 그리웠던 메에데에의 노래는 우리 것이라

어느 동무들이 희망과 초조와 떨리는 손으로 주위 모은 활자들이냐 아무렇게나 쌓아 놓은 신문지 우에 독한 약봉지와 한 자루 칼이 놓여 있는 거울 속에 너는 있어라

• 「오월에의 노래」 전문

③ 대회는 끝났다 줄기찬 빗발이어 빗발치는 생명이라

문화공작대로 갔다가 춘천에서 강릉서 돌팔매를 맞고 돌아온 시인 상훈도 진식이도 기운 좋구나 우리 모다 깍지 끼고 산마루를 차고 돌며 목놓아 부르는 것 싸움의 노래

흩어지는 게 아니라 어둠 속 일어서는 조국이 있어 어둠을 밀고 일어선 어깨들은 어깨마다 미움을 물리치기에 천만 채찍을 참아왔거니

모다 억울한 사람 속에서 자유를 부르짖는 고함소리와

한결같이 일어나는 박수 속에서 몇번이고 그저 눈시울이 뜨거웠을 아내는 젖멕이를 업고 지금쯤 어딜루 해서 산길을 내려가는 것일까

대회는 끝났다 줄기찬 빗발이어 승리가 약속된 제마다의 가슴엔 언제까지나 싸움의 노래를 남기고
• 「빗발 속에서」 전문

이 세 편의 인용시들은 해방기 이용악의 정신적 지향성을 선명하게 보여준다. 먼저 시 ①은 꼬레이어, 즉 악의 표상 골리앗과 소년 다뷔데를 대비시키면서 물리쳐야 할 대상으로서 불의와 압제에 대한 투쟁을 다짐한다. "자유의 적 꼬레이어"란 당대의 민족적 과제가 친일잔재 청산이며 민족문학 건설이기에 결국 구체적으로는 반제 민족해방투쟁과 민족문학 건설을 지시한다고 하겠다.

개회에 앞서 국기를 향해, "조선민족문학 수립 만세"라고 써붙인 슬로건을 향해 일제히 일어나서 애국가를 부를 때 나는 문득 일종의 슬픔이 형용할 수 없는 모양으로 마음 한 구석을 저어가는 것을 느꼈다.
우리 민족과 함께 우리 문학은 너무나 불행하였다. 시도

소설도 희곡도 한결같이 불행하였다. 민족의 불행사는 곧 문학의 불행사가 아닐 수 없다. 그러므로 가장 불행한 조건 밑에서도 조선 문학이 부단히 피를 이어왔다는 것은 문학에 종사하는 우리뿐만 아니라 민족전체의 자랑이래야 할 것이다. 이것은 분명코 승리에 속하는 것이 아닐 수 없다.[70]

이러한 이용악의 기술은 그가 일제잔재 청산으로 요약되는 해방기 반제 해방투쟁정신과 함께 새로운 민족문학 건설을 향해 나아가고자 하는 의지를 확인할 수 있는 자료가 된다.

시 ②는 이용악의 사회주의 지향성을 보여주는 것으로 이해된다. '고오고리'와 '메에데에', 즉 사회주의 리얼리즘의 실천자인 고골리와 5월 노동자 해방투쟁으로서 메이데이를 노래하고 있기 때문이다. "고오고리의 나라를 이야기하면서 소시민 소시민이라고 써놓은 얼룩진 벽에 벗어버린 검은 모자와 귀걸이가 걸려 있는 거울 속에 너는 있어라//그리웠던 그리웠던 구름 속 푸른 하늘은 우리 것이라 그리웠던 그리웠던 메에데에의 노래는 우리 것이라"라는 구절 속에는 이용악의 문학적 관심이 고골리가 상징하는 사회주의적 사실주의 (Social Realism)이며 사회적·이념적 지향성이 노동자 농민, 즉 계급해방투쟁에 놓여진다는 점을 선명히 제시한 것으로 이해된다.

시 ③은 민족모순과 계급모순을 함께 해결하고자 하는 프롤레타리아 해방투쟁으로서 계급투쟁을 찬양하고 고무 선동하는 내용을 담고 있다. "우리 모다 깍지 끼고 산마루를 차고 돌며 목놓아 부르는 것 싸움의 노래//(……)//어둠 속 일어서는 조국이 있어 어둠을 밀고 일어선 어깨들//(……)//모다 억울한 사람 속에서 자유를 부르짖는 고함소리와 한결같이 일어나는 박수"도 바로 이러한 공산당대회 또는 계급투쟁 궐기대회를 노래한 것으로 해석되기 때문이다.

이 점에서 이용악이 해방기문학의 핵심 문제를 예술주의 문학이냐 계급주의 문학이냐를 구분하여 투쟁하지 않고 민족모순을 계급모순과 문학모순으로 연결하여 하나로 파악한 것은 의미 있는 일이 아닐 수 없다. "민주주의 국가의 건설 과정에 있어서 조선문학의 자유스럽고 건전한 발전을 위하여 전국문학자대회가 무엇을 결의하고 시사했다 할지라도, 그것이 문학이나 문학자만의 이익을 위해서가 아니고 또한 말로만이 아니고, 우리의 문학실천이 진실로 민족전원의 이익을 존중해서의 무기가 될 수 있을 때에만 비로소 그 의의가 클 것이다"[71]라는 진술은 바로 이러한 점을 언급한 것이 된다.

이렇게 볼 때 해방기 이용악의 시는 '민족 전원의 이익'이

라는 당대 민족의 현실적 목표와 '전정한 민족문학의 건설'
이라는 문학적 이념을 함께 지향하려 했다는 점에서 충분히
의미를 지니는 것으로 판단된다.

월북과 사회주의 체제 순응의 길

한편 이용악 생애에서 문제가 되는 부분은 대략 두 가지이다. 그 하나는 친일 문제이고, 그 다른 한 가지는 월북 문제이다.

일제강점 말기에 쓰여진 그의 시편들을 읽다 보면 어딘가 친일 혐의가 느껴지는 작품들이 여러 편 발견되는 것이 사실이다.

여덟 구멍 피리며 앉으랑 꽃병
동구란 밥상이며 상을 덮은 흰 보재기
안해가 남기고 간 모든 것이 고냥 고대로
한때의 빛을 먹음어 차라리 휘휘로운데
새벽마다 뉘우치며 깨는 것이 때론 외로워

술도 아닌 차도 아닌
뜨거운 백탕을 홀홀 마시며 차마 어질게 살아보리

안해가 우리의 첫애길 보듬고
먼 길 돌아오면
내사 고흔 꿈 따라 횃불 밝힐까

이 조고마한 방에 푸르른 난초랑 옮겨놓고

나라에 지극히 복된 기별이 있어 찬란한 밤마다
숫한 별 우러러 어찌야 즐거운 백성 아니리

꽃닢 헤칠싸록 깊어만지는 거울
호을로 차지하기엔 너무나 큰 거울을
언제나 똑바루 앞으로만 대하는 것은
나의 웃음 속에
우리 애기의 길이 티어 있기에
• 「길」[72] 전문

우선 친일 어용지 『국민문학』에 작품을 발표했다는 사실
부터가 이용악의 친일 여부는 의심을 받을 만하다. 더욱이

『동아일보』, 『조선일보』 등 일간지와 『문장』, 『인문평론』 등 문예지가 강제 폐간된 후 이른바 암흑기에 친일지 역할을 하던 『국민문학』이나 어용신문 『매일신보』에 「불」(1942. 4. 5) 등을 발표하고 있는 것은 분명 그러한 혐의를 불식하기 어려운 사실로 보인다.

더구나 시 자체에도 "나라에 지극히 복된 기별이 있어 찬란한 밤마다/숫한 별 우러러 어찌야 즐거운 백성 아니리"라는 구절에 이르러 보면 분명히 친일 작품이 아니라고 하기 어렵다. 그렇다! 이 부분은 마땅히 인정되어야 한다. 당대 상황이 얼마나 어렵던 시절인가? 1938년 국가총동원령이 내려지고, 1939년 육군 특별지원명령과 1940년 창씨개명령이 내려 혹독한 탄압과 수탈, 전시체제로 접어든 시점이 아니던가. 바로 이 무렵 이용악이 친일에 기울어 있던 최재서의 『인문평론』지에 편집기자로 근무한 것도 그가 친일 여부 문제로 심각하게 고민한 사실을 추측할 수 있게 하는 요인이 된다. 아마도 이 시기에 결혼을 하고 이미 첫 아기(딸)를 낳았을 때가 아닌가 추정된다. 그러기에 한 가정의 가장으로서 가족에 대한 책임이 있기에 민족시인 이용악으로서도 가정이냐 문학이냐 하는 갈림길에서 갈등하며 일시나마 친일 쪽으로 기울어졌던 것이 아닌가 한다. 이 무렵 이용악이 친일지 『대동아』지에 「지도를 펴놓고」(1942. 3)라는 산문을 쓰면서

"아리샤니 벨로우니카니 하는, 우리와는 딴 풍속을 사는 사람들의 이름이 고왔듯이 세레베스니 마니라서 하는 남방의 섬이름들은, 어째서 그럴까 그저 어질고 수수하고 이롭게만 생각된다"라는 글을 쓰고 있는 것도 이러한 한 방증이 됨은 물론이다. '생활인으로서 그의 민첩성'을 지적한 것[73]도 그러한 심리추이를 날카롭게 파악한 것이 아닐까 한다.

그렇다! 역시 한 인간, 특히 문학을 평가하는 데도 부분보다 전체를 보아야 한다고 생각한다. 누구에게나, 아니 정신적인 지도자로서 시인이라 해도 일시적인 판단착오 또는 과실이 있을 수도 있는 것이다. 인정할 것은 인정하고 진심으로 사과하고 넘어갈 때 문학적 진정성이 더욱 길러질 수 있는 것이기 때문이다.

바로 이 지점에서 과오를 청산한 이용악의 진정성이 드러난다. 1942년 6월 시 「구슬」(『춘추』)을 끝으로 절필하고 고향 경성으로 낙향하는 행위가 그것이다.

1942년이라면 붓을 꺾고 시골로 내려가던 해인데, 서울을 떠나기 전에 시집 『오랑캐꽃』을 내놓고자 했으나 뜻을 이루지 못했을 뿐 아니라, 그 이듬해 봄엔 사건이 얽혀 원고를 모조리 함경북도 경찰부에 빼앗기고 말았다.

8·15 이후 이 시집(『오랑캐꽃』—인용자)을 다시 엮기에

1년이 더 되는 세월을 보내고도 몇 편의 작품을 끝끝내 찾아낼 길이 없어 여기 넣지 못함이 서운하나, 우선 모여진 대로 내놓기로 한다.

　• 「오랑캐꽃을 내놓으며」[74)]

　여기에서 확인할 수 있는 중요한 사실은 그가 경성에 낙향해 있는 동안 모 사건에 연루되어 피체, 투옥되고 원고들을 압수당했다는 내용이다. 이용악의 친일 시편이 발견되는 것은 사실이나 그것들은 살기 위해 일시적으로 저질러진 과오이자 시행착오일 뿐, 그의 근본 성향은 역시 민족문학의 길이며 반제 항일운동의 연장선상에 놓인다는 사실을 확인할 수 있다.

　일제 말기 이 무렵 얼마간의 감옥생활에 이어 이용악은 해방기의 격심한 좌 · 우익 투쟁에 적극 참여하다가 6·25동란 직전에 다시 서대문형무소에 수감된다. 아마도 북로당 계열의 월북 후 잔류하여 공산당 활동, 즉 김상훈 등과 '민전' 계열에서 선동선전전에 적극 활약한 혐의가 아닌가 한다. "문화공작대로 갔다가 춘천에서 강릉서 돌팔매를 맞고 돌아온 젊은 시인 상훈도 진식이도 기운 좋구나"라는 시 「빗발 속에서」의 구절도 이러한 점을 시사한다.

쏟아지라 오월이어 푸르른 하늘이어 마구 쏟아져내리라

오늘도 젊은이의 상여는 훨훨 날리는 만장도 없이 대대
로 마지막 길엔 덮어보내야 덜 슬프던 개우도 제쳐바리고
다만 조선민주청년동맹 깃발로 가슴을 싸고 민주청년들
어깨에 메여 영원한 청춘 속을 어찌하야 항쟁의 노래 한마
디도 애곡도 없이 지나가는 거리에

실상 너무나 많은 동무들을 보내었구나 "쌀을 달라" 일
제히 기관차를 멈추고 농성한 기관구에서 영등포에서 대
구나 광주 같은 데서 옥(獄)에서 밭고랑에서 남대문턱에
서 그리고 저 시체는 문수암 가차이 낭떠러진 바위틈에서

그러나 누가 울긴들 했느냐 낫과 호미와 갈쿠리와 삽과
괭이와 불이라 불이라 불이라 에미네도 애비도 자식놈
도…… "정권을 인민위원회에 넘기라" 한결같이 이러선
시월은 자랑이기에 이름없이 간 너무나 많은 동무들로 하
야 더욱 자랑인 시월은 이름없이 간 모든 동무들의 이름이
기에 시월은 날마다 가슴마다 피어 함께 숨쉬는 인민의 준
엄한 뜻이기에 뭉게치는 먹구름 속 한 점 트인 푸른 하늘
은 너의 길이라 이 고장 인민들이 피뿌리며 너를 부르며

부딪치고 부딪쳐 뚫리는 너의 길이라

  쏟아지라 오월이어 두터운 벽과 벽 사이 먼지 없는 회관
에 꺼무테테한 유리창으로 노여운 눈들이 똑바루 내려다
보는 거리에 푸르른 하늘이어 마구 쏟아져내리라
    •「다시 오월에의 노래」 전문

  '반동테러에 쓰러진 최재록군의 상여를 보내면서'라는 부
제가 붙은 이 시에서 '테러'와 '동무', '인민위원회' 등의 좌
파적 성향의 시어에서 볼 수 있듯이 이용악은 좌익운동에 복
무하면서 계급주의 문학을 실천해간다. 이 점에서 이용악은
1948년 8월 15일 대한민국 정부 수립 후에도 계속 남로당
계열의 선동선전 활동을 전개하다가 피체, 투옥된 것으로 추
정된다.
  박태원·현덕·설정식 등과 함께 6·25동란 바람에 월북한
그는, 1953년 8월 임화·이승엽·이원조 등 남로당계 숙청
당시 "공산주의를 말로만 신봉하고 월북한 문화인"으로 지
목되어 다시 고초를 겪게 된다. 그러나 그는 그때 처형된 사
람들과는 달리 6개월간 집필금지라는 비교적 가벼운 처벌을
받고 풀려남으로써 북한체제에 적응하게 된다(사실 이용악
이 한설야와 같이 함경도 출신 문인임에도 불구하고 북로당

에 가입하여 8·15 직후 월북하지 않은 사정도, 조심스런 추정이긴 하지만, 그가 일제 말기의 친일시 발표 과오와 연관된 것이 아닌가 한다. 임화의 경우처럼 친일 혐의가 있는 일부 문인들은 남로당 계열에 편입되어 북로당이 월북한 후 나중에 월북했기 때문이다).

6·25동란 가운데 인민군의 서울 점령으로 인해 출옥한 임화는 곧바로 종군, 낙동강전선으로 달려갔던 것으로 알려져 있다.

월북 후 그가 북한문단에서 발표한 작품으로는 대략「원쑤의 가슴팍에 땅크를 굴리자」를 비롯하여 장시「평남관개시초」(1956. 8),「우리당의 행군」(1964),「땅의 노래」(1966),「당중앙을 사수하라」(1967),「붉은 충성을 천백배 불태워」,「오직 수령의 둥지에 뭉쳐」,「찬성의 이 한표 충성의 표시」등이 있다. 아울러 김상훈과 함께 번역 출간한 『역대악부시가』(1963) 등이 있고, 1968년 시「날강도 미제가 무릎을 꿇었다」이후 작품이 발견되지 않는다.

이 작품들은 대체로 '당성·노동계급성·인민성'이라는 북한의 기본 문예정책에 부응하는 내용이 핵심을 이루는 것으로 보인다.

그의 월북 후 최대 역작이라고 할「평남관개시초」를 살펴보기로 하자.

① 뺏을대로 빼앗고도 그것으로 모자라
열두 삼천리 무연한 벌에서 산더미로 쏟아질
백옥같은 흰쌀을 노리던 일제놈들
수십년 허덕이고도 물만은 끌지 못한 채
패망한 놈들의 꼴상판을 이제 좀 보고 싶구나

인민의 행복 위한 인민의 정권만이
첩첩한 산 넘어 광활한 벌로
크나큰 강줄기를 단숨에 옮겼더라

그리고 여기드나드는 조수에 오랜 세월 씻기여
자취조차 없어지는 탐욕의 둑을 불러
열두 부자동이라 비웃던 바로 그 자리에
이 고장 청년들이 쌓아올린 길고도 긴 동둑

조수의 침습을 영원히 막아
거인처럼 팔을 벌린 동둑에 서면
망망한 바다가 발 아래 출렁이고
나무재기풀만 무성하던 어제의 간석지에
푸른 벼포기로 새옷을 갈아 입히는
협동조합원들의 모내기 노래가

훈풍을 저어저어 광야에 퍼진다

② 떠가는 구름장을 애타게 쳐다보며
균열한 땅을 치며 가슴을 치며
하늘이 무심타고 통곡하는 소리가
허허벌판을 덮어도 눈물만으론
시드는 벼포기를 일으켜 세울 수 없었단다

꿈결에도 따로야 숨쉴 수 없는
사랑하는 농토의 어느 한 홈타기에선들
콸콸 샘물이 솟아흐를 기적을 갈망했건만
풀지 못한 소원을 땅 깊이 새겨
대를 이어 물려준 이 고장 조상들
(……)
소를 몰고 고랑마다 타는 고랑을
숨차게 열두번씩 가고 또 와도
이삭이 패일 날은 하늘이 좌우하던
건갈이 농사는 전설 속의 이야기
(……)
변하고 또 변하자
아름다운 강산이여

전진하는 청춘의 나라
영광스러운 조국의 나날과 더불어
한층 더 아름답기 위해선
강산이여 변하자

천추를 꿰뚫어 광명을 내다보는
지혜와 새로움의 상상봉
불패의 당이
다함없는 사랑으로 안아 너를 개조하고
보다 밝은 래일에로 깃발을 앞세웠거니

강하는 자기의 청신한 젖물로써
태양은 자기의 불타는 정열로써
대지는 자기의 깊은 자애로써
오곡을 무럭무럭 자라게 하라

이용악은 북한에서 그의 제5시집에 해당하는 『이용악시선
집』[75]을 출간한다. 이 시집은 반제항일로서 반외세 의식, 반
계급으로서 사회주의 의식, 그리고 반봉건 의식을 기본 내용
으로 하면서 사회주의 체제의 우월성과 승리를 강조하는 내
용으로 구성되어 있다.

인용한 「평남관개시초」는 원래 서정시의 연작 형태로 구성된 작품이다. 부분 인용해본 이 작품에는 북한문학의 테마랄까 기본 골격이 그대로 형상화되어 있다. 그 하나는 반제 항일투쟁의 전통을 계승하는 일이며, 다른 하나는 사회주의 혁명투쟁을 고무 추동하여 완성해나가는 일로 요약된다.

먼저 ①부분은 일제에 대한 적개심의 분출을 통해 반제투쟁의 테마를 강조한다. "뺏을대로 빼앗고도 그것으로 모자라/열두 삼천리 무연한 벌에서 산더미로 쏟아질/백옥같은 흰쌀을 노리던 일제놈들/수십년 허덕이고도 물만은 끌지 못한 채/패망한 놈들의 꼴상판을 이제 좀 보고 싶구나"라는 내용이 그것이다. 일제강점기 온갖 수탈과 착취에 시달리다가 쫓겨간 일제에 대한 새삼스런 분노의 표출을 통해서 반제투쟁의 중요성을 강조하고 있는 것이다. 아울러 여기에서 "인민의 행복 위한 인민의 정권만이/첩첩한 산 넘어 광활한 벌로/크나큰 강줄기를 단숨에 옮겼더라"와 같이 사회주의 체제의 우월성과 위대성을 찬양하면서 인민성의 원칙을 강조하고 있다.

②부분에서는 오랜 세월 가뭄에 시달리는 농민들의 고통과 절망을 묘파하면서 이를 타개하기 위해 펼쳐지는 자연개조운동으로서 관개사업의 중요성을 통해 노동계급성의 위대성을 찬양한다. "변하고 또 변하자/아름다운 강산이여//전진

하는 청춘의 나라/영광스러운 조국의 나날과 더불어/한층 더 아름답기 위해선/강산이여 변하자//천추를 꿰뚫어 광명을 내다보는/지혜와 새로움의 상상봉/불패의 당이/다함없는 사랑으로 안아 너를 개조하고/보다 밝은 래일에로 깃발을 앞세웠거니"와 같이 노동계급성과 함께 "당이 결심하면 한다"라고 하는 당성을 소리 높여 강조하고 있다. 말하자면 평남 관개공사라는 대역사를 통해서 반외세·반계급 의식과 함께 사회주의 체제의 우월성을 강조함으로써 당의 문학적 이념과 정책을 충실히 실천하고 있는 것이다.

이렇게 볼 때 이용악은 월북 후에는 북한의 사회주의 체제에 적극 참여하면서 계급주의 민족문학의 길을 걸어간 것으로 이해된다. 그것은 그의 민족·민중지향으로서 이념적 성향의 반영이면서도 개인적인 체질을 보여준 것이라는 점에서 자연스럽고 당위적인 일이 아닐 수 없었던 것으로 판단된다.

맺음말

　이렇게 본다면 이용악의 삶과 문학은 일제강점기와 해방기, 그리고 분단시대를 관통함으로써 가장 궁핍하고 험난한 시대를 겪어왔다고 할 수 있다.

　북한에서의 활동은 1968년 시 「날강도 미제가 무릎을 꿇었다」를 발표한 후 막을 내린다. 그러고는 1971년 57세를 일기로 작고한 것으로 전해진다.

　문단활동 36년 동안 일제강점기 10년 정도의 시작활동과 분단시대 북에서의 20여 년에 걸친 활동이 있었지만, 이용악의 본령은 시집 『분수령』(1937)부터 제3시집 『오랑캐꽃』(1947)에 이르는 약 10여 년간의 작업에 놓여진다. 그리고 그것은 일제강점하 이 땅 수난의 역사와 헐벗은 민중의 삶에 집중되어 있다고 해도 과언이 아니다. 일제의 억압과 수탈, 그로 인한 궁핍화로 말미암아 초토화된 민족적 현실에 대한 날카로운 응시와 성찰을 통해 민족문학의 올바른 방향성을 제시한 데서 문학사적 의미를 찾을 수 있다. 그가 집중적으로 형상화한 유·이민 문제야말로 당대 민족문학이 반드시 다루어야 하고 극복해내야만 하는 핵심 과제로 판단되기 때문이다.

그러기에 그의 한 생애는 시종 불우 속에서 전개되어온 것으로 여겨진다. 국경 부근 두만강가에서 밀수업을 하던 집안에서 어둠의 자식으로 태어난 것도 그러하거니와, 일찍 아버지를 여의고 홀어머니 밑에서 삶을 헤쳐가는 일은 참으로 힘겹고 여간 서러운 일이 아니었으리라. 더구나 일본 유학시절의 가혹한 노동체험과 굶주림은 그로 하여금 비관적인 현실 인식 또는 비극적인 세계관을 형성케 하였음이 분명하다.

그런데도 민족이 처한 현실문제, 즉 일제의 수탈로 인한 농촌해체 현상과 그로 인한 유·이민 문제를 직시하고 고통스러운 삶을 당당하게 형상화함으로써 일제강점 말기 민족문학의 올바른 길을 개척한 것은 소중한 업적이 아닐 수 없다. 고통스러운 가난과 개인사적 불운을 민족적 삶의 역사적 지평으로 확대·심화시켜감으로써 빼앗긴 시대에 민족정신과 민중의식을 지키고 민족혼을 살려 나아갈 수 있게 한 것은 과소평가할 일이 아니기 때문이다.

물론 그의 문학이 지닌 문제점이나 약점이 없는 것은 아니다. 우선 친일 성향의 시편들을 어떻게 평가할 것인가 하는 문제가 그 하나이다. 그와 동년배 시인들, 한 예로 서정주 같은 경우에도 그 높은 업적에도 불구하고 몇 편의 친일시로 인해 매도되고 평가절하되고 있는 것이 냉정한 현실이 아닌가? "이제 오랜 치욕과 사슬은 끊어지고/잠들었던 우리의 바다가 등을 일으켜/동양의 창문에 참다운 새벽이 동트는 것이요/승리요/적을 향해 다만 앞을 향해/아세아의 아들들이 뭉쳐서 나아가는 것/승리의 길이 있을 뿐이요"[76]라는 대동아 공영권을 강조하는 시가 일제 말에 쓰여져 발표된 사실은 그냥 간과해버려도 괜찮은가 하는 말이다.

두 번째로는 그의 현실인식과 문제제기가 다분히 소규모적이고 피상적이라고 하는 아쉬움을 지적할 수 있겠다. 유·이민 시에 착목하여 그것을 잘 형상화하고 있으면서도 유·이민들의 참담한 삶에 대한 좀더 구체적이면서도 날카로운 성찰이 지속적으로 전개되지 못했다는 점이 약점이라는 뜻이다. 유·이민 삶의 구체적 현장성에 대한 깊이 있는 천착과 당대 사회의 구조적 모순과 부조리에 대한 철저한 인식이 뒤따르지 못했던 것은 아쉬운 일이 아닐 수 없다. 해방후 귀향 이민문제도 좀더 다양하고 깊이 있게 살펴서 투철한 역사인식으로 현실을 심도 있게 형상화했어야 한다는 뜻이다.

세 번째 그의 문학은 현실주의적인 정합성에도 불구하고

그것이 하나의 문학사상으로서 체계화를 이루지 못했다는 데서 취약점이 발견된다. 생애사의 굴곡이 심하고 현실사회의 변전이 심각했다 해도 이데올로기에의 추종이 해방후엔 그 이념적 심화를 획득하지 못하고 섣부른 정치행위로 함몰되어버렸다는 뜻이다. 사상성과 예술성의 조화가 현실정치 행위로 굴절되지 않고 문학사상으로 체계화되고 심화되어 갔다면 그의 문학은 문학사에서 우뚝한 봉우리로 올라섰을 것으로 판단되기 때문이다.

그런데도 이용악은 정치성에 함몰되었던 카프 시에 현실성과 예술성을 결합하는 데 어느 정도 성공한 것으로 판단된다는 점에서 문학사적 의미를 지닌다. 무엇보다도 당대 유·이민 문제에 관심을 갖고 집중적으로 천착함으로써 어느 정도 구체적인 현장성과 실천적 운동성을 확보하여 민족문학의 올바른 길을 타개해갔다는 점에서 의미를 지니는 것으로 평가된다.

비록 그의 생애는 불우 속에 사라져갔지만 그가 관심 갖고 추구했던 민족문학의 길은 70~80년대 이 땅의 민족문학은 물론 오늘의 문학, 나아가 통일시대의 민족문학에도 여전히 유효할 것이 분명하다.

주

1) 이용악, 『분수령』, 東京 : 三文社, 1937.

2) 윤영천 엮음, 『이용악시전집』, 창비, 1988.

3) 東京 : 三文社, 1937. 5. 30.

4) 한식, 「이용악 시집 '분수령'을 읽고」, 『조선일보』, 1937. 6. 26.

5) 홍효민, 「이용악 시집 '낡은 집'」, 『동아일보』, 1938. 12. 24.

6) 김동석, 「시와 정치―이용악 시 '38도에서'를 읽고」, 『예술과 생활』, 박문출판사, 1947.

7) 김광현, 「내가 본 시인―정지용·이용악편」, 『민성』, 1948. 10.

8) 이수형, 「용악과 용악의 예술에 대하여」, 『현대시인전집 1―이용악집』, 동지사, 1949.

9) 백철, 『조선신문학사조사』, 백양당, 1949.

10) 조지훈, 「해방시단의 일별」, 『조지훈전집』 권3, 1973, 206쪽.

11) 조지훈, 「한국현대시사의 관점」, 『한국시』 1집, 1960. 4.

12) 김윤식, 『한국근대문예비평사연구』, 한얼문고, 1973, 378쪽.

13) 장영수, 「오장환과 이용악의 비교연구」, 고려대 박사학위논문, 1987.

14) 윤영천, 「민족시의 전진과 좌절」, 윤영천 엮음, 앞의 책, 1988, 193쪽, 243쪽, 244쪽.

15) 유정, 「암울한 시대를 비춘 외로운 시혼―향토의 시인 이용악의 초상」, 윤영천 엮음, 앞의 책, 1988.

16) 김종철, 「용악―민중시의 내면적 진실」, 『창작과비평』, 1988 가을호.

17) 윤지관, 「영혼의 노래와 기교의 시」, 『세계의 문학』, 1988 가을호.

18) 이승훈, 「한국 프로시의 분석」, 『비교문학연구』, 한양대, 1988.

19) 김용직, 「서정, 실험, 제 목소리 담기―1930년대 한국시의 전개」, 『현대문학』, 1988. 11.

20) 고형진, 「구체적 삶의 세목들과 서정적 슬픔―이용악의 시세계」, 『현대시학』, 1988. 8.

21) 최동호, 「북의 시인 이용악론」, 『현대문학』, 1989. 4.

22) 김재홍, 「유·이민 문학의 한 표정, 이용악」, 『한국현대시의 비극론』, 시와시학사, 1993.

23) 감태준, 「이용악시연구」, 한양대 박사학위논문, 1991.

24) 감태준, 『이용악시연구』, 문학세계사, 1991, 188쪽, 189쪽.

25) 윤여탁, 「1920~30년대 리얼리즘시의 현실인식과 형상화 방법에 대한 연구」, 서울대 박사학위논문, 1990.

26) 신범순, 「해방기 시의 리얼리즘연구」, 서울대 박사학위논문, 1990.

27) 오성호, 「시에 있어서 리얼리즘에 관한 시론」, 『실천문학』, 1991 봄호.

28) 김형수, 「서정시의 운명을 밝히는 사실주의」, 『한길문학』, 1991 여름호.

29) 염무웅, 「시와 '리얼리즘'에 대하여」, 『창작과비평』, 1992 봄호.

30) 황정산, 「'시와 현실주의' 논의의 진전을 위하여」, 『창작과비평』, 1992 여름호.

31) 윤영천, 「한국 '리얼리즘시론'의 역사적 전개와 지향」, 『민족문학사연구』 2호, 창비, 1992.

32) 이은봉, 「리얼리즘시의 세계관과 창작방법에 대하여」, 『실천문학』, 1992 가을호.

33) 백낙청, 「시와 리얼리즘에 관한 단상」, 『실천문학』, 1991 겨울호.

34) 정남영, 「시에 있어서 현실주의의 문제에 관하여」, 『실천문학』, 1993 여름호.

35) 정재찬, 「리얼리즘 시론을 위한 문학사적 반성」, 『문예미학 1 ― 리얼리즘』, 문예미학회, 1994.

36) 오성호, 『1920~30년대 한국시의 리얼리즘적 성격 연구』, 연세대 박사학위논문, 1992.

37) 이은봉, 「1930년대 후기시의 현실인식연구」, 숭실대 박사학위논문, 1992.

38) 최두석, 「한국현대리얼리즘시연구」, 서울대 박사학위논문, 1995.

39) 조동일, 『한국문학통사』 5권, 지식산업사, 1994, 508쪽, 509쪽.

40) 유정, 남조선 과도정부 발행 「통계연감」, 1943. 12(유정, 앞의 글, 1988에서 재인용).

41) 김재홍, 「파인 김동환론」, 『한국현대시인연구』, 일지사, 1986, 86쪽.

42) 감태준, 앞의 책, 1991, 41쪽

43) 유정, 앞의 글, 1988, 184쪽.

44) 김종한, 「낡은 우물이 있는 風景」, 『조광』, 1938. 9.

45) 유정, 앞의 글, 1988, 187쪽.

46) 김용직, 『김기림』, 건국대학교출판부, 141쪽.

47) 유정, 앞의 글, 1988 참조.

48) 이용악, 「오랑캐꽃」, 『인문평론』, 1940. 10.

49) 서정주, 「歸蜀途」, 『春秋』, 1943. 10.

50) 서정주, 「부랑하는 뒷골목 예술가들 속에서」, 『서정주문학전집』 권3, 일지사, 1972, 204쪽.

51) 서정주, 「광복직후의 문단」, 『조선일보』, 1985. 8. 25(윤영천, 앞의 글에서 재인용).

52) 이용악, 『분수령』, 「꼬리말」 부분.

53) 이규원, 『분수령』, 「序」 일부.

54) 이용악, 『낡은 집』, 東京 : 三文社, 1938.

55) 강만길, 『한국현대사』, 창비, 1984, 58쪽, 59쪽.

56) 강만길, 『일제시대 빈민생활사연구』, 창비, 1987, 73쪽.

57) 『동아일보』, 1924. 10. 24(같은 책, 82~91쪽에서 재인용).

58) 박아지, 「나는 떠날수업소」, 『형상』, 1934. 3.

59) 정로풍, 「나그네」, 『동아일보』, 1928. 11. 1.

60) 박세영, 「최후에 온 소식」, 『낭만』, 1936. 11.

61) 이용악, 『오랑캐꽃』, 아문각, 1947.

62) 윤영천, 앞의 글, 1988, 228쪽.

63) 김종철, 「민중시의 내면적 진실」(1988), 『시적 인간과 생태적 인간』, 삼인, 2002, 153쪽.

64) 감태준, 앞의 책, 1991, 181쪽.

65) 이용악, 「전라도 가시내」, 『시학』, 1940. 8.

66) 이용악, 「시골 사람의 노래」, 『해방기념시집』, 중앙문화협회, 1945. 12, 49쪽.

67) 이용악, 「전국문학자대회 인상기」, 『대조』(大潮), 1946. 7.

68) 신석정, 「꽃덤불」 일부(같은 글에서 재인용).

69) 이용악, 『현대시인전집 1 ─ 이용악집』, 동지사, 1941. 1.

70) 이용악, 「전국문학자대회 인상기」, 173쪽.

71) 같은 글.

72) 『국민문학』, 1942. 3.

73) 윤영천, 앞의 책, 1988, 198쪽.

74) 『오랑캐꽃』, 아문각, 1947.

75) 이용악, 『이용악시선집』, 조선작가동맹출판사, 1957.

76) 「눈 나리는 거리에서」, 『조광』, 1942. 3.

이용악 연보

1914년(1세)	11월 23일, 함북 경성군 경성면 출생.
1935년(22세)	『신인문학』 3월호에 시 「패배자의 소원」을 발표하며 등단.
1936년(23세)	일본 도쿄 조치대 신문학과 입학.
1937년(24세)	도쿄 삼문사에서 시집 『분수령』 발간.
1938년(25세)	도쿄 삼문사에서 시집 『낡은 집』 발간.
1939년(26세)	일본 조치대 신문학과 졸업, 동인지 『이인』(二人) 발간. 귀국하여 최재서가 주관하던 『인문평론』지 기자로 근무.
1942년(29세)	『춘추』에 「노래 끝나면」 발표 후 절필, 귀향함.
1946년(33세)	조선문학가동맹 회원으로 가담. 『중앙신문』 기자로 근무.
1947년(34세)	아문각에서 『오랑캐꽃』 발간.
1949년(36세)	서울 동지사에서 『이용악집』(현대시전집 1) 발간. 군정당국에 피검.
1950년(37세)	6·25 당시 월북.
1953년(40세)	김상훈과 부역으로 『역대악부시가』 발간.
1956년(43세)	조선작가동맹 시분과위원 단행본부 부주필. 「평남

관개시초」(平南灌漑詩抄) 10편을 『조선문학』에
발표.

1957년(44세)　「평남관개시초」로 조선인민군 창건 5주년 기념 문
학예술상 운문 부문 1등 수상.

1971년(58세)　작고 추정.

작품목록

제목	게재지 · 출판사	연도

■시

제목	게재지 · 출판사	연도
패배자의 소원	신인문학	1935. 3
애소 · 유언	신인문학	1935. 4
너는 왜 울고 있느냐	신가정	1935. 7
임금원의 오후	조선일보	1935. 9. 14
북국의 가을	조선일보	1935. 9. 26
오정의 시	조선중앙일보	1935. 11. 8
무숙자	신인문학	1935. 12
다방	조선중앙일보	1936. 1. 17
오월	낭만	1936. 11
북쪽	분수령(시집)	1937. 5. 30
나를 만나거든	분수령	1937. 5. 30
도망하는 밤	분수령	1937. 5. 30
풀버렛소리 가득차 있었다	분수령	1937. 5. 30
포도원	분수령	1937. 5. 30

병	분수령	1937. 5. 30
국경	분수령	1937. 5. 30
령	분수령	1937. 5. 30
동면하는 곤충의 노래	분수령	1937. 5. 30
새벽 동해안	분수령	1937. 5. 30
천치의 강아	분수령	1937. 5. 30
폭풍	분수령	1937. 5. 30
오늘도 이 길을	분수령	1937. 5. 30
길손의 봄	분수령	1937. 5. 30
제비 같은 소녀야	분수령	1937. 5. 30
만추	분수령	1937. 5. 30
항구	분수령	1937. 5. 30
고독	분수령	1937. 5. 30
쌍두마차	분수령	1937. 5. 30
해당화	분수령	1937. 5. 30
검은 구름이 모여든다	낡은 집(시집)	1938. 11. 10
너는 피를 토하는 슬픈 동무였다	낡은 집	1938. 11. 10
밤	낡은 집	1938. 11. 10
연못	낡은 집	1938. 11. 10
아이야 돌다리 위로 가자	낡은 집	1938. 11. 10
앵무새	낡은 집	1938. 11. 10
금붕어	낡은 집	1938. 11. 10
두더쥐	낡은 집	1938. 11. 10
그래도 남으로 달린다	낡은 집	1938. 11. 10
장마 개인 날	낡은 집	1938. 11. 10
두만강 너 우리의 강아	낡은 집	1938. 11. 10

당신의 소년은	이용악집	1949. 1. 25
별 아래	이용악집	1949. 1. 25
막차 갈 때마다	이용악집	1949. 1. 25
등잔 밑	이용악집	1949. 1. 25
우리의 거리	이용악집	1949. 1. 25
하나씩의 별	이용악집	1949. 1. 25
흙	이용악집	1949. 1. 25
유정에게	이용악집	1949. 1. 25

■산문

꼬리말	분수령	1937. 5. 30
꼬리말	낡은 집	1938. 11. 10
복격	삼천리	1940. 7
전갈	동아일보	1940. 8. 4
관모봉 등반기	삼천리	1941. 11
지도를 펴놓고	대동아	1942. 3
감상에의 결별—만주시인집을 읽고		
	춘추	1943. 3
전국문학자대회 인상기	대조	1946. 7
『오랑캐꽃』을 내놓으며	오랑캐꽃	1947. 4. 20
편집장에게 드리는 편지	이용악집	1949. 1. 25

※ 작품목록은 윤영천 교수의 『이용악시전집』(창비) 참조.

연구서지

박사학위논문

감태준, 「이용악 시 연구」, 한양대 박사학위논문, 1989.
고형진, 「1920~30년대 시의 서사지향성과 시적 구조」, 고려대 박사학위논문, 1991.
장영수, 「오장환과 이용악의 비교연구」, 고려대 박사학위논문, 1987.
최두석, 「한국현대리얼리즘시연구―임화·오장환·백석·이용악의 시를 중심으로」, 서울대 박사학위논문, 1995.
황인교, 「이용악 시의 언술 분석」, 이화여대 박사학위논문, 1991.

석사학위논문

강경자, 「이용악 시의 변모양상」, 한국외대 석사학위논문, 1993.
강순기, 「이용악 백석 비교연구」, 연세대 석사학위논문, 2002.
강주은, 「이용악 시의 기법과 전개양상」, 한국외대 석사학위논문, 2000.
권 혁, 「이용악 시의 공간상징 연구」, 홍익대 석사학위논문, 1997.
김경애, 「이용악 시의 현실인식 연구」, 숙명여대 석사학위논문, 2000.

김선희, 「이용악 시의 서사적 특성 연구」, 한국교원대 석사학위논문, 1999.

김순동, 「이용악·백석의 시의식 대비연구」, 동아대 석사학위논문, 1994.

김순란, 「이용악 시의 국외자의식 연구」, 세명대 석사학위논문, 2004.

김현기, 「이용악 시 연구」, 한국외대 석사학위논문, 1992.

노 철, 「이용악 시세계 변모과정 연구」, 고려대 석사학위논문, 1990.

백진기, 「이용악 시 연구」, 국민대 석사학위논문, 2004.

성하선, 「이용악 시의 고향의식 연구」, 홍익대 석사학위논문, 1999.

신용목, 「이용악 시에 나타난 유랑의식 연구」, 고려대 석사학위논문, 2005.

안효순, 「이용악 시의 리얼리즘적 특성 연구」, 충북대 석사학위논문, 1990.

양문목, 「이용악 시의 상징성 연구」, 인하대 석사학위논문, 2003.

오명균, 「이용악과 김수영의 리얼리즘시 비교연구」, 건국대 석사학위논문, 2006.

유장형, 「이용악 시의 낭만적 미의식 연구」, 연세대 석사학위논문, 2002.

윤경희, 「이용악 시 연구」, 성균관대 석사학위논문, 2003.

이명준, 「이용악 시의 담론 분석」, 고려대 석사학위논문, 2000.

이선희, 「이용악 시의 상징적 이미지 연구」, 충북대 석사학위논문, 2005.

이정애, 「이용악 시 연구」, 서울대 석사학위논문, 1990.

이형권, 「이용악 시의 변모양상 연구」, 동국대 석사학위논문, 1996.

임성남, 「이용악 시의 문체론적 연구」, 영남대 석사학위논문, 1992.

전미희, 「이용악 시의 전기적 연구」, 상지대 석사학위논문, 1997.

정명숙, 「이용악 이야기시의 특성 연구」, 아주대 석사학위논문, 2003.

정성희, 「이용악의 서술시 연구」, 부산외대 석사학위논문, 1997.

천은영, 「이용악 시세계 연구」, 연세대 석사학위논문, 1998.

최보윤, 「이용악 시 연구」, 한양대 석사학위논문, 2004.

한림석, 「이용악 시의 몸 이미지 연구」, 동국대 석사학위논문, 2002.

허병두, 「백석과 이용악의 시적 상상력 연구」, 서강대 석사학위논
　　문, 1994.

평론

강연호, 「뿌리뽑힌 자아의 발견과 성찰」, 『시와정신』, 2003 가을호.

고형진, 「구체적 삶의 세목들과 서정적 슬픔―이용악의 시세계」,
　　『현대시학』, 1988. 8.

김광현, 「내가 본 시인 정지용·이용악 편」, 『민성』, 1948. 10.

김동석, 「시와 정치―이용악시 '38도에서'를 읽고」, 『예술과 생활』,
　　박문출판사, 1947. 6.

김상선, 「이용악론」, 『시문학』, 1989. 6.

김용직, 「현실의식과 서정성―이용악」, 『현대시』, 1993. 7.

김용택, 「서정, 실험, 제목소리 담기―1930년대 한국시의 전개」,
　　『현대문학』, 1988. 11.

김종철, 「용악―민중시의 내면적 진실」, 『창작과비평』, 1988 가을호.

노용무, 「이용악의 '북쪽' 연구」, 『국어문학』, 국어문학회, 2003.

박덕은, 「이용악의 작품세계」, 『금호문화』, 1989. 2.

박용찬, 「해방 직후 이용악 시의 전개 과정 연구」, 『국어교육연구』,
　　국어교육연구회, 1990. 8.

석　은, 「시인 이용악의 위치」, 『국제일보』, 1948. 2. 12~16.

안함광, 「이용악 시집『낡은집』평」,『조선일보』, 1938. 12. 28.

오성호, 「이용악의 리얼리즘 시에 관한 연구」,『연세어문학』 23집, 1991. 3.

오세영, 「식민지 문학의 상실의식과 낭만주의」,『현대문학』, 1990. 12~1991. 1.

오현주, 「해방기의 시문학」, 열사람, 1988.

유 정, 「암울한 시대를 비춘 외로운 시혼」,『이용악시전집』, 창비, 1988.

윤영천, 「민족시의 전진과 좌절」,『이용악시전집』, 창비, 1988.

윤지관, 「영혼의 노래와 기교의 시—이용악론」,『세계의 문학』, 1988.

이명찬, 「이향과 귀향의 변증법」,『민족문학사연구』 12호, 소명, 1998.

이병헌, 「경계인, 그 고뇌의 시적 역정—이용악론」,『현대문학』, 1989. 11.

이수형, 「용악과 용악의 예술에 대하여」,『이용악집』, 동지사, 1949.

이숭원, 「이용악 시의 현실성과 민중성」,『한국현대시인론』, 개문사, 1993.

_____, 「이용악 시의 현실성과 민중성」,『현대시와 현실인식』, 한신문화사, 1990.

임헌영, 「분단으로 매몰된 작가와 작품」,『분단시대』 4, 학민사, 1988.

정효구, 「한국 산문시의 전개양상」,『현대시』, 1993. 7.

조명제, 「민족시의 리얼리즘적 전진」,『시문학』, 1989. 2.

최동호, 「북의 시인 이용악론」,『현대문학』, 1989. 2.

최두석, 「민족현실의 시적 탐구—이용악론」,『분단문학에서 통일문학으로』, 학민사, 1988.

최하림, 「30년대의 시인들」,『문예중앙』, 1983 봄호.

김재홍金載弘 1947년 충남 천안에서 태어나 서울대학교 국어교육과를 졸업하고 같은 학교 국어국문학과에서 「한용운 문학연구」로 문학박사학위를 받았다. 육군사관학교와 충북대·인하대학교 교수를 거쳐, 현재 경희대학교 국어국문학과 교수로 재직 중이다.

1969년 『서울신문』 '서울문예'로 등단했으며, 문학평론가로 활동 중이다. 1990년부터 시전문 계간지 『시와시학』을 발행해오고 있으며, 한국시학회를 발기하여 회장을, 만해사상실천선양회 상임대표를 역임했고, 지금은 만해학술원장으로 재임 중이다. 현대문학상, 김환태평론상, 녹원문학상, 편운문학상, 후광문학상, 현대불교문학상 등을 수상했다.

저서에 『한국전쟁과 현대시의 응전력』(1978), 『현대시와 열린정신』(1987), 『한국현대시인비판』(1994), 『시어사전』(1997), 『생명·사랑·자유의 시학』(1999), 『현대시 100년 한국명시감상 1~5』(2003), 『한국현대시인연구 2』(2007) 등 다수가 있다.